追跡

許信城——著

名家推薦

（以下按姓氏筆畫排列）

主角受富家女委託，調查服侍多年的管家突然人間蒸發的因由。從管家的身世順藤摸瓜，在發現他年少輕狂過去的同時，自己亦捲入另一宗的凶案、黑幫的威脅，甚至一個小家族的利益恩怨之中。

香港少有冷硬派推理，作品看似都動用了典型冷硬派作品的起手式，然而正因為典型，更考作者功力——一部作品如何鋪設線索、引人入局；角色怎樣抽絲剝繭、步入真相以內的真相，不管要吸引接觸過無數懸疑作品的老饕，抑或被瘋狂燒腦逆轉情節養育的一般受眾，都絕非易事。

筆觸平淡，細節鋪陳卻盡顯不凡。時而幽默、時而冷酷的一字一句，帶領讀者在城市和美食之間，追蹤橫跨二十年的情感足跡。當代推理界，超乎常人想像的詭計橫飛，你願不願意借一個下午給《追跡》，見證作者怎樣籌備一次敘事緊湊且感情真切的案中案之旅，帶你回憶當初步入推理大門之時，重新體驗謎底和情感一同釋放的那股怦然心動。

——子謙（推理作家）

修書一紙去無蹤　自此人間不得逢　踏遍香江尋到底　芙蓉在水見尊容

閱罷許兄的《追跡》，至為驚嘆者，乃處處添滿香港的味道。讀者彷彿跟隨主人公，穿梭高級商業地帶的中環、購物娛樂中心的銅鑼灣、舊工廠林立蕭條的荃灣等等，無疑是形象鮮明的香港遊。甚至乎冰室及茶餐廳用餐，出入以「地鐵」（現在已易名為「港鐵」）代步，以至將私家偵探的辦公室設於租金偏向廉宜的觀塘一帶，對香港人而言都處處透出一陣熟悉感。看似不著痕跡的寥寥數筆，卻可以推想作者選址取材時，心中必有一道最完美的尺。

丈地、量事、度人，如同「私家偵探」這樣的職業，在金錢至上的社會中，恐怕與程學哲一樣「難得一見」矣。

——有馬二（推理作家）

如吟遊詩人般的偵探，用腳步與推理帶我們重遊香港，作者的筆冷，情熱，節奏穩健，頗得漢密特、卜洛克之三昧，精彩之作！

——李柏青（推理作家）

初次閱讀香港冷硬派作家許信城的長篇小說《追跡》，非常喜歡他文字的通俗洗鍊，情節的架構清朗直爽，人物的刻畫生動活潑鮮明。另外，對白設計讓讀者如聞其聲，而市景街道的描寫不啻是讓讀者如臨其境地神遊了一趟香江。

至於《追跡》中的私家偵探（許先生），比起我常讀到的鐵血硬漢，算是一名個性溫柔的文青。作者為了凸顯他的性格，還安排他被黑社會痛扁了一番。不過在辦案時，他的觀察和推理能力可一點也不含糊，還有睿智溫暖的決定。

最後一頁……作者這樣寫著：一抹淡淡的白雲在眇遠無盡的天空緩緩流動，那裡遠離紅塵，人世間的一切只是過去無數個夜晚裡的一場夢。不禁讓我想起每當推理劇結局時出現的畫面……。

——葉桑（推理作家）

《追跡》在充滿香江流光溢彩的時代背景下，講述一起發生於富貴世家的人間蒸發案，在調查的過程中也牽引出主要角色之間，對生命無常且時不我予的種種牽絆。作者的筆調沉穩流暢，在場景與氣氛的掌控也非常到位，其筆下充滿冷硬派性格的私家偵探，以經典的第一人稱視角探案，洞悉著豪門貴冑各自心懷鬼胎的家族關係，對比出底層勞工階級那股發自內心的感念與情義。從太平山頂的名流仕紳，寫到邊緣社會荒街暗巷的小人物，這一位冷硬派偵探穿梭於兩種階級的是非善惡與價值觀，也勾勒出當代香港世態炎涼的淡淡悲情。

——提子墨（作家、英國與加拿大犯罪作家協會PA會員）

尋找一名不告而別的人，是冷硬派小說常見的主題。在尋找的過程中，有時才會赫然發現，自己其實從來沒有真正理解過這個人。《追跡》也是這樣的一個故事，一名溫暖和善的管家，也有著不為人知的部分。不過這本小說又更進一步，不僅是讓我們重新認識一個人，還重新認識香港這座城市。除此之外，作為一本推理小說，故事在結尾給出了一個意外卻合乎邏輯的答案，並同時揭示了人性的光明面和黑暗面，是相當優秀的冷硬派小說。

——楓雨（推理作家）

香港作家寫的推理小說，品種不多，《追跡》確是少數驚喜之作。能寫出冷硬派推理的那種「剛性」，即由「謎團」達致「解決」的有效邏輯性，實在是不容易的。作者並沒有刻意故弄玄虛，故事娓娓道來，筆觸不慍不火，以一位私家偵探的視角把案情層層揭破，倒像一位紳士在你耳邊說故事，甚至還能帶點文人風雅。

故事發生在現代，卻處處流露著香港殖民時期的色彩，從紅磡的必嘉街聯想到福爾摩斯居住的Baker Street，實在叫人印象深刻。

推理小說林林總總，有人喜歡濃烈的咖啡，也有人喜歡呷一口伯爵茶，本書必是後者矣！

——蘇那（推理作家）

目次

第一章

起初，我印象最深刻的是賀希兒的外貌。後來當然不是這樣。但她無疑是我見過的委託人中最漂亮的一位。

當時她安靜地坐在喜來登酒店二樓咖啡廳的一角。陽光穿透她身後不遠處的落地玻璃窗，灑在淺灰色地板上。她正在低下頭看書，姿勢端正，咖啡色的側分長直髮垂下，掩住她白皙臉龐的一部分。那角落沒有其他客人，當時我有種錯覺，世界彷彿突然靜止。

走至只有數步距離時，她抬起頭看我和引路的服務生。她從服務生的手勢得知我就是來赴約的人，於是站起來。我站在桌旁伸出手與她握手。

「賀小姐你好，我是許致遠。」

「許先生你好，很感謝你專程過來。」她真誠地向我微笑，態度和措詞很有禮貌。她的雙眼清明，有如清澈的溪水。鼻子和嘴唇線條很柔和，咖啡色的長髮和白皙的鵝蛋臉配合得天衣無縫。她整張臉都好看，但眉宇間似乎有些憂慮的神色。她身穿清雅的淡紫色麻質襯衫與白色直筒九分褲，整個人雖未必可以說是美若天仙，但卻是個充滿透明感的美人。

「別這樣說，很感謝你找我。你很早到呢。」

她一邊輕輕揮手一邊說：「不是，我也是剛到而已，先點東西喝吧。」說罷她替我打開菜單。

我快速地看了一會後，見她沒有打開她自己那份菜單，便說：「我可以了，你已經選好了嗎？」

她微笑點頭後優雅地舉起手，示意服務生過來。她的一舉一動都大方得體。我點了冰咖啡，她點了冰檸檬茶。

她打開話題：「你是怎樣認識瑩瑩的？聽說你們認識一段時間了。」

「沒錯，她是我大學同學的朋友，數年前透過那位同學認識她的。你也認識她很久了？」

「大約兩三年吧，她是我大學同系的同學。雖然我們不是念同一科，但有些課堂我們會一起上。」

「我們認識她的原因都和大學有關呢。」

「對，真巧。你跟她熟嗎？」

「其實不算熟，也有一段時間沒見面了，不過偶然也會用手機訊息聯絡。」服務生捧飲品過來，我們暫停一會，讓他先將飲品放下。

我們撕開飲管的包裝紙，將飲管放進玻璃杯內。我將鮮奶和少量糖漿倒進去。眼前玻璃杯內的深褐色咖啡不規則地漾著白色鮮奶，美得像一幅黑白潑墨畫。我有點不捨地攪拌後喝了一口。這裡的冰咖啡香濃滑順，色香味都完美無瑕。

她喝了兩口檸檬茶後說：「她為人非常可靠，這是很多同學都公認的。她說你很可靠，由她說出來，我知道你一定很值得信賴。」

「這句話真的能讓我開心一星期。」我忍不住又喝了數口咖啡，「我曾替她處理過一些事情，幸好能順利地完成，可能她因此對我有不俗的印象。」

「你太謙虛了，她對你讚譽有加呢。所以我也想拜託你替我調查一件事……我想找一個人。」

「是誰？」

「他是我家的管家……正確來說是前管家。」

管家。在香港有管家的家庭非富則貴，不過她的氣質也確實像來自有教養的富有人家。

「他失蹤了？」

她皺起眉思考了一會兒後說：「其實有點複雜，或者我先說一下他的背景。他叫程學哲，四十八歲。他從小就是孤兒，在孤兒院長大。他二十三歲便開始在我家工作了，直至今年他已經在我家服侍我們有二十五年。我現在二十四歲，因此從我出生開始，他便一直看著我長大。」

她說的時候我拿出了筆記本和筆，將內容重點記下。

她頓了頓，在手提包內翻找了一下，「或者我先將哲哥的資料給你，那你不用筆錄得那麼辛苦。」

「不要緊，這是我的職責。資料你稍後才給我也行，你可以先繼續說下去，免得打斷你。」

「啊……好的。」她喝了口檸檬茶。我可以看出她在談起這事時有些傷感。如果不是在公眾場合，她可能會表現得更難過。

「我爸爸一直很信任他，隨著他在我家工作的時間愈來愈長，爸爸也漸漸把家中的大小事務都放心交給他打理。爸爸年輕時忙於打理生意，沒有很多時間操心家中的事，而媽媽從小到大都是千金小姐，有人服侍她，所以她不太會也不需要做家務。那些年都是靠哲哥把我家打理得井井有條，因此爸爸很信任他。他和我們一家人一直都相處得不錯，尤其是和爸爸、已過世的媽媽和我，感情很好。但三個月前，他突然完全沒有先兆地留下一封信便辭職走了，自那天起我們都沒見過他，也不知道他現在身在何方。我總覺得他突然這樣一聲不響走了很奇怪，甚至都沒有跟我們當面道別……所以我想你幫我找一下他的下落和他是否發生了什麼事。」

我一邊慢慢地喝咖啡一邊仔細聽她說話，見她暫停了一會便問她：「他臨走前留下的那封信有帶來嗎？」

「有。」她在裸色的手提包裡拿出一個修長的長方形白色信封，「就是這封，其實內裡只有很簡單的幾句說話交代一下，我覺得太簡潔了，而且也沒有交代發生了什麼事和他之後的去向。」她神色落寞地說。

信封上寫著「老爺、大小姐、大少、二少、二小姐　收」。我打開信封，抽出內裡的信，是一張普通的白色紙。紙折了兩次，好讓它能放進這個修長的信封。我打開它看。

老爺、大小姐、大少、二少、二小姐：

非常感謝過去二十五年來您們的照顧，在下沒齒難忘。對不起，在下有要事要請辭，事出突然，還望見諒。如有機會，在下定必再服侍諸位。

程學哲　敬上

確實很簡潔。對一份做了二十五年的工作來說，只留下這樣簡短的辭職信便匆匆走了的確不自然。「這是程先生的筆跡嗎？」

她想了一會，「應該是的。這些年我看過不少他的筆跡，這的確像是他親手所寫。而且應該不會有人去模仿他的字跡寫他的辭職信？」

「正常情況下是不會有的。」

「正常情況？」她疑惑地看著我。

我想了一下如何說得婉轉一點，避免將情況說得太嚴重。

「有些很特殊的情況——例如如果有人對他不利，可能會模仿他的字跡寫辭職信，讓人以為他只是辭職離開了而不會讓其他人起疑，但其實他已經遇上了特別的狀況。當然也有可能他真的因為私人原因而要突然請辭，所以並不一定是遇上不好的事情。但這些都需要再深入了解或調查才能確定。」

她緊張地問：「呃……哲哥該不會遇上了麻煩事？」

「不一定，現階段不要太擔心。我想你跟程先生的感情一定很好。」

她的雙眼慢慢下垂，像落幕一樣，若有所思。「在家中，除了我爸爸，就數我跟哲哥的感情最好。可能因為他從我出生開始便看著我長大，對我的感受特別深刻，而且我們很投契。有時我覺得，他就像我的另一個爸爸。」

「所以他這樣突然離開了很傷你的心。」她的身後有一個外國男人走過，高大英俊，像個時裝模特兒。「他結婚了嗎？有沒有兒女？」

「哲哥沒有結婚，也沒有兒女。」

「有女朋友嗎？」

她微一遲疑，「……以我所知是沒有的。但我知道他很久之前有過女朋友，不過那已經是很多年前的事了。」

「知不知道他和朋友的關係？」

「他很少提及他的朋友，所以我也不太清楚。」

「能約略談談你家中的其他人嗎？你的兄弟姊妹？」

她喝了口檸檬茶，「可以的。我在家中排行第四，也是最小的一個。我有一個姊姊和兩個哥哥，姊姊最大。姊姊叫賀子玲，已婚，沒有工作，她和姊夫住在何文田。我們不常見到她，她最多兩至三星期才會過來我們家一次探望爸爸。大哥叫賀帆，未婚，他在爸爸的公司工作，幫爸爸打理生意。二哥叫賀俊謙，未婚，他偶爾也會幫爸爸的公司做一些工作，不過其實他對做生意沒什麼興趣，所以一直沒大哥做得那麼投入，甚至可以說是差遠了。最後是我，我也還未結婚，哈哈，現在正在念書。他們二人和我也跟爸爸一起住。」

「那你二哥喜歡什麼？他對什麼有興趣？」

「他從小到大都很喜歡藝術，尤其是畫畫。素描、水彩、油畫等，他都喜歡。其實如果他用心替爸爸的公司做事，也可以做得很不錯，爸爸也曾數次這樣說。但他真的沒有興趣，他只想畫畫。」她說完後笑了一下，似乎她跟她的二哥感情不錯。

「你說他只會偶爾幫你爸爸的公司工作，那他平時都將時間用在畫畫上？」

「可以這麼說。他有時會將自己的作品在網上售賣，由於他的畫都畫得不錯，所以也有不少人購買，當中也有些客人是外國人。對了，他有時也會到外國看展覽和參觀博物館呢。有些人會覺得二哥他不務正業，因為家中也可以說是不愁衣食，所以有親戚朋友說他是個紈綺子弟。但其實他也是一個認真生活的人，他的夢想是開個人畫展。不過他有藝術家性格，為人愛恨分明、有點憤世嫉俗又不擅長交際應酬，所以招來不少誤會，這也能解釋為何他替爸爸做公司的事做得不錯卻沒有興趣做下去。但爸爸很疼愛他，可能因為他是小兒子，而且為人很簡單直接。」

「你二哥真特別。不過在香港，不正正常常每天出門上班下班，真的有很多人會認為你不正常。」

她邊笑邊輕輕點頭，「對……你似乎很明白。」

「因為我也有藝術家性格，為人也愛恨分明、有點憤世嫉俗又不擅長交際應酬，所以跟他一樣招來了不少誤會。」

她呆呆地看著我，彷彿我頭上突然長出了兩隻角。

「說笑而已，因為我也經歷過呢。」

「想不到許先生你原來是個冷面笑匠。」她笑著說。

我邊笑邊喝了口咖啡。冰塊開始溶了，咖啡的味道因此淡了一點。

「程先生和你的姊姊還有兩位哥哥的關係好不好？你爸爸和他們對他突然辭職離開了有什麼想法？」

「我覺得他們跟哲哥的關係都可以的，始終有那麼多年感情，雖然他們沒有我和爸爸跟哲哥那麼好。起初爸爸知道哲哥突然請辭感到很傷心難過，但他也認為哲哥真的有要事才會離開，所以慢慢便接受了這事實。姊姊和哥哥他們起初也感到很突然，但之後大哥說既然哲哥留下的那封信都這樣寫了，便應尊重哲哥的意願，之後他們也將這件事放下，而我們也請了新的女傭去代替哲哥。」

她頓了一頓，好像想起了什麼。

「怎麼了？」

「我只是想起爸爸當初知道哲哥突然離開時的反應，我當時有點感覺是他其實知道哲哥離開的原因……可能正是因為這種感覺，令我覺得哲哥突然走了並完全下落不明是有一些特別的理由。」

「為什麼會有這種感覺？是因為你爸爸當時神色有異還是做了些什麼特別的事？」

「也不是他做了些什麼。其實我也不太能說得上來是什麼原因，就好像……有時候你就是察覺到有些地方不對勁，但卻說不出個所以然。」

「你應該是一個很纖細敏感的人。」

「不是，我有時很粗心大意的。」說罷她嫣然一笑，令人賞心悅目。

「程先生平日要工作的日子應該就住在你家？」

「對，正常情況他一星期工作五天，星期一至四也會住在我家，星期六和日都會住在他自己的家。至於星期五，他有時會當晚就回家，有時則會多待一晚在星期六早上才回去。星期一早上他便會回到我家上班。」

「他自己的家在哪裡？他走了之後你們應該有去過？」

「他租的房子在紅磡。我曾經去過數次，都沒有人在那裡。我問過那幢大廈的管理員，他說他也有一段時間沒見過哲哥，最後一次見他就是跟他離開我家的時間差不多。」

「他的租金呢？預先付了？」

「應該是，以前他曾說過他都是預繳一年的，因為怕麻煩。」

「那麼程先生在你家的東西還在嗎？」

「還在，我們都沒有碰他的東西，他的房間我們也沒有做其他用途。新的女傭現在是住在另一間房間。」

「如果方便的話，我想找個時間到你家看看程先生的房間，希望能看到些線索。」

「嗯……我想應該沒問題，你等我一會。」

她從手提包裡拿出手機，低頭看著螢幕滑動手指。窗外的陽光愈趨強烈，咖啡廳比我剛進來時更明亮了。對面的商業大廈外牆上掛著一幅巨大的黑白名牌手錶廣告，表情木然的女模特兒似乎是被猛烈的太陽曬到做不出任何表情。背後突然傳來一段音量挺大的說話聲，我稍微轉過頭去，一名上了年紀的矮胖女人邊往門口的方向走邊對著電話喝罵，電話另一頭的人有麻煩了。

賀希兒抬起頭，「今天下午應該可以去我家看看，不過我要晚一點才能確定，如果可以的話你有空嗎？」

「我看一看。」我揭開筆記本，「可以，今天我沒有其他要緊的事。」

「那我晚一點儘快回覆你。不好意思，因為我一會兒約了朋友一起吃午飯，我晚一點用手機聯絡你好嗎？」

「不要緊，完全沒問題。」

「啊……我們還沒談你的收費。」

我微笑著說：「要談些傷感情的事了。」她也笑了。

我說我是以日數收費，並告訴她一天的收費是多少。她說她信任我，並急忙想預先付我數日的錢。我拒絕了。我回答說我也信任她，所以現在不必給我錢。這樣有關費用的事情很快就告一段落。

她從手提包裡拿出程學哲的資料給我，當中包括了他辭職信的影印本。再談一會兒後，她便要去和朋友午膳。我們一起離開咖啡廳，在酒店大門黑灰色相間的樓梯口道別。

我沿著彌敦道走過數個街口，轉右走進金馬倫道，走一會後再轉進厚福街。陽光普照、天氣清爽，這時候街上的人流還不算多，尚可以嗅到鬧市中清靜的氣息。我走進一間常去光顧的冰室[1]吃午飯，這裡的午餐只需四十多元。

不出十五分鐘，周邊的環境便從五星級酒店的咖啡廳變成最多只可容納五六十名客人、服務生全是上了年紀的女人的舊式香港冰室。當然，如果真的坐滿五六十人，這裡將會非常擁擠。

1 冰室，又名冰廳，廣州話用以稱呼冷飲店。在香港流行於一九五〇至一九六〇年代，被認為是茶餐廳的前身。香港冰室由於法例限定持有「小吃牌照」，只能售賣飲品、三明治、糕餅等，而不能供應即時製作如炒飯、小菜等主食。後來，不少香港冰室改領到餐館牌照，轉型為茶餐廳，雖稱「冰室」但運作模式及供應的食品與茶餐廳無異。

第二章

我吃了一碟美味的淡橙紅色西炒飯[2]做午餐。冰室的地板用墨綠色與淺灰色相間的小正方形瓷磚鋪成，我不時盯著它們來想事情。賀希兒說兩點前會告訴我今天下午能否去她的家走一趟，現在還沒到一點。上班族的午飯時間尚未到，因此冰室內的客人不多，我可以再多坐一會。

我一邊喝檸檬茶一邊用手機看今天的新聞。一名二十八歲、在銀行任職的女職員因工作壓力太大，今天清晨在家中跳樓自殺，她的父母當時還在睡夢中。一名立法會議員今早在停車場取車時被四人伏擊，拳打腳踢，身體多處受傷。一名懷疑患有精神病的男子拿著菜刀在公園一邊走一邊亂叫，甚至用刀指著行人叫罵。看了幾分鐘後我沒心情再繼續看下去，當我想著該如何打發時間時，電話響了。是賀希兒。

「喂，賀小姐。」

「許先生，今天可以去我家看看。我爸爸今天也在家，你可以順道跟他談談，看看有沒有什

[2] 西炒飯是香港的一種炒飯，以「西式」為名，卻非源於歐美地區，而是源於香港的茶餐廳。用料上沒有既定標準，但必須要有番茄醬，使其有紅色的外表。由於番茄乃源於西方的食材，故港英時期的香港人給予此稱呼。除了白飯和雞蛋之外，配料通常包括香腸粒及火腿粒，以及番茄、洋蔥、蘑菇等。

麼想法。

「太好了，地址是哪裡？」

「因為我的家有點偏遠，不介意的話你坐我的車過去好嗎？」

「完全不介意，什麼時間在哪裡等？」

她想了一下後我們便約好時間地點並掛線。我在想她會不會有一輛名貴跑車。真正的香車配美人。

一個半小時後，我上了賀希兒的白色Tesla，往她的家出發。上車後不久，我便問她住在哪裡。

她有點不好意思地說：「啊……在太平山[3]，所以如果不是自己開車去會有點不方便。」

原來住在山頂，她的家庭果然非富則貴。但這年代在香港以她這個年紀的女生來說，會因為住在全港最著名的豪宅區而感到不好意思而不是趾高氣揚，可說是非常少有。

「對，住那邊如果不是自己開車的話的確很不方便。你應該經常要開車？」

「也可以這樣說。其實我不太喜歡自己開車，但因為真的方便太多，所以也逼著自己多開了。」

我們經過太空館，在文化中心旁轉右，在九龍公園徑上一直走。馬路旁陽光閃耀下的商場和

[3] 太平山，坊間通稱山頂或香港山頂；從一八六七年到一九三〇年間太平山頂為香港總督別墅所在地，港英政府更曾經禁止華人於太平山居住，太平山遂成為香港境內權勢的象徵。時至今日，在太平山居住的人依然非富則貴。

高樓大廈迅速向後消逝，我們很快便離開了尖沙咀。

「聽瑩瑩說你在觀塘有一間辦公室，很厲害呢。」她眼睛看著前方說。

「沒有，就只是為了生活工作而已。」

「我第一次有認識的人當私家偵探，所以覺得很特別。」

「某方面來說是挺特別的，因為這在香港不是常見的職業。」

「簡直是少見呢，我只在電影、電視或書上看過偵探，從沒想過現實生活中會與偵探有接觸。」

「很正常，如果沒有什麼特別的事發生，通常也不會跟我們有接觸。所以需要找我們時，多數也是發生了些不太好的事情或狀況。」

「也對……」她稍微露出憂心的神色。

「希望程先生他只是有要事離開了。他離開之後你應該嘗試過聯絡他？」

「我曾經打電話和傳訊息給他，但他的電話已經停用了，完全聯絡不上。所以我覺得真的很奇怪。」

「他會不會已經不在香港？他以前有沒有說過很喜歡某個香港以外的地方，或是曾經說過退休之後想到外國生活？又或者有沒有一些地方和他淵源較深的，例如他有親戚朋友住在外地等。」

「很喜歡的地方……啊，哲哥很喜歡台灣，但我卻從未聽他說過退休後想在哪裡生活。由於他是在孤兒院長大，以我所知他沒什麼親戚。但他有朋友住在台灣，因此可能台灣跟他的淵源已經算較深了，其他我暫時未想到……」紅燈亮起，我們在交通燈前停下。一個老婆婆撐著拐杖在我們的車前慢慢地橫過馬路。我突然在想我老了的時候在別人眼中會是什麼樣子。

「那程先生的下落真的有點神祕。」我本來想說有點奇怪，但轉念間用神祕代替了。

「我只希望他沒有遇上什麼不好的事情。畢竟每個人也有權利去過自己想過的生活，用不著一定要跟其他人交代。而且我們也不是他真正的親人，所以他真的不需要跟我們說明他的去向。只是我覺得以我們家跟他的感情，我們早已把他視為家人的一分子，其他人我不敢肯定和代他們發表意見，但我知道我和爸爸跟已過世的媽媽早就把他視為家人一樣。我知道哲哥也是這樣想的，他亦早已把我們一家當成是他自己的家人。」

「嗯……」我一邊聽一邊思考，但暫時沒什麼頭緒。從她的說話中，我感受到她跟程學哲的感情很好，所以她那麼想知道他現在的下落。綠燈亮起了，我們又再繼續前進。隧道入口旁有一幅巨大的廣告牌，是快要上映的電影的廣告，整個廣告只有帥氣男主角的臉和上半身。他梳著一個很俐落的油頭，嚴肅而炯炯有神的雙眼似乎能看透一切。希望女駕駛者看到這幅廣告牌不會忘記了她們正在開車。

我們在狹窄的山路往上駛。這條路彎處很多，翠綠的山巒在我們身邊起伏不斷，陽光穿透樹叢間的罅隙灑在路面上。我們經過不少甚具氣派的屋苑和房子，途中有兩三次，我在想那可能就是賀家，但很快我們的車就已經駛過。於是我不再猜想哪一間才是賀家的住宅，就這樣靜靜地坐著直至抵達目的地。

「到了！」賀希兒舒了一口氣。她真的不太喜歡開車。

我抬頭看，是一間外牆以白色和灰色為主的獨立屋。從外邊看上去，整間屋呈長方形，有很多落地玻璃窗，窗框都是黑色，整體感覺簡約時尚。落地玻璃窗將陽光反射得很刺眼，使我不知不覺間皺著眉半瞇起眼才能定睛看這豪宅。

「不計在外地的話，我第一次到這麼有氣派的屋拜訪。」

「別這樣說，其實是因為香港真的太小了，所以很少獨立屋。」她將車慢慢駛進車庫。

「但在香港這彈丸之地，這樣的住宅真讓人大開眼界。」

「哈哈，但生活上真的不太方便呢。」

「如果可以住在這裡，我非常樂意去面對諸多不便。」

她一邊笑一邊停了車，我們一起下車。走出車庫後，我們沿著剛才駛過來的路繼續往前走，賀宅在我們的左邊。我看向右邊，因為在山上，右邊只有欄杆和樹木，但在樹木中的空隙遠眺開去，我可以看到最頂一部分的中國銀行大廈。賀宅有四層，最頂一層是天台。住在屋內的人可以清楚看到維多利亞港和整個中環，每晚他們只要安坐家中便可以將世界三大夜景之一一覽無遺，我想像不到這是一種怎樣的生活。

走了十多步後，我看到一條約有十級的樓梯。樓梯和它前後的地磚都是灰色的，樓梯一邊的米白色牆壁底部有十多盞夜晚照明用的小地燈，現在是白天，地燈自然沒開。我們走上樓梯，站在淺木色的大門前。門的上方有閉路電視。

「一會兒可以先見我爸爸，之後再帶你到哲哥的房間看看。」

「好。」

她打開門，我們進入大宅。

第三章

屋內以白色和淺灰色為主色調。白色的牆身和天花板，配以淺灰色的大正方形地磚，每塊地磚上都有些較深色的不規則紋路，自然而美觀。一道牆上掛著一幅很大的油畫作品，畫中建築物應是一些外國的公寓，構圖的視覺是看畫者像站在一條窄巷中，左右兩邊都是有數層高的公寓，然後仰頭望向前方的天空，因此畫的中間有垂直「一條」左右邊界並不平整的天空，因為左右邊界是由兩邊的建築物線條所構成。

一名年約五十多歲，體態圓潤、做女傭打扮的女士走過來。她的雙眼細小，臉上有不少皺紋，但面容慈祥。她笑容滿面地說：「二小姐你回來啦，這位是你的朋友嗎？我去泡兩杯茶給你們。」

「對，他是許先生。芳姐謝謝你。」

「不用客氣，許先生你好，你們慢慢聊。」

態度和藹的芳姐說完便往裡面走去。

「這邊請。」賀希兒微笑著對我說，她帶我走到客廳一角的一大組L型米白色沙發坐下。

L型沙發背後是落地玻璃窗，一邊的窗被屋外的一棵大樹遮蔽了一大半，但另一邊的窗則沒有被樹木遮掩，可以看到維多利亞港，景觀非常開闊。沙發前方鋪著一塊深灰色地毯，地毯上放了一張灰色雲石面茶几，雲石流紋奇特，像藝術品一樣，看來價值不菲。茶几旁靠近其中一邊的沙發放了一件雕刻藝術品，顏色是古銅色中帶點黑色，高度比我整個人還高一點，形象如抽象的火焰。屋內打掃得一塵不染。

「你家裡有很多藝術品，非常漂亮。」我對賀希兒說。

「都是二哥挑選的。你也有研究嗎？」

「沒有，只是覺得你家中的藝術品很有美感。」

「二哥如果聽見了，一定會很高興。」

芳姐用木盤捧了一個茶壺和兩杯茶出來，放在茶几上。

「請用茶。」她微笑著說。我們二人一起點頭道謝。

「許先生你先坐一會，我上去找我爸爸。」她說完後便往樓梯口走去。

我從茶几上拿起我那杯茶。低頭一看，茶色褐紅色，普洱獨特的茶香撲鼻而來。我喝了一口，味道醇厚回甘。我對茶認識不多，但一直很喜歡喝茶，這普洱喝下去茶味甚有層次，這茶葉絕不是平凡貨色。喝著這茶沐浴在穿過落地玻璃窗透進來的溫暖陽光中，看見窗外的天空萬里無雲，我差點忘了我過來是為了工作。我想就這樣喝著茶欣賞窗外的景色一個小時。

第四章

十分鐘後，賀希兒從樓梯上走下來。

「許先生，我爸爸隨時都可以見你。」她泛起一抹淺淺的微笑。

「我現在就上去吧。」

「好的，我帶你上去。」

我站起來，用手撫平外套，跟賀希兒一起走去樓梯口。

「我們這裡有四層，最頂一層是天台，而爸爸的房間和書房都在三樓。我曾經跟他說過幾次他應該要住在二樓的，這樣他就不用經常上上下下，因為他都一把年紀啦。你知道他怎麼答我嗎？」

「因為已經習慣了？」

「對了其中一部分，哈哈。最主要的原因是他覺得正正因為一把年紀，他才要住在三樓，這樣就可以逼他多走樓梯，人也會比較健康。」

「你爸爸應該是很注意身體健康的人。」

「其實不是，所以他才這樣逼自己多做些運動呢。」

我一邊踏著梯級一邊四處看，二樓有數間房間，全都關上了門。我們繼續上三樓。在這屋裡，我完全不覺得自己身在香港。我只有在電影和電視劇的大富之家場景中，才會看到香港人住在這麼大的豪宅裡。當然最主要的原因是，我和我的朋友都不是富豪。

上到三樓後，我們走到一道深咖啡色的房門前。

「爸爸他在書房中。」她說完後敲了兩下門。

「爸爸，許先生來了。」

「進來吧。」門內傳來低沉嘶啞的聲音。

賀希兒打開門，我們走進去。

這是一間長方形的書房，房內沒有開燈，但一旁落地玻璃窗灑進來的陽光已足夠將書房照亮。窗外是長方形的陽台，陽台的長度和這房的長度一樣，深度則是約三米。陽台分成兩半，它靠近玻璃窗這邊的地板上放著兩張木搖椅和一張木製圓桌，而靠著外圍玻璃欄杆的一邊則是一個小庭園，左右兩邊是草地和一些植物，中間是一條歪斜的石子路，可以沿著它走數步到玻璃欄杆前看風景。書房內的擺設不多，兩排與兩道牆壁等高的大書櫃呈L形，上面放滿書本。一張灰色的書桌放在其中一排書櫃前並靠近旁邊的落地玻璃窗，書桌前後方各放了一張黑色皮椅。近門口這邊也有一張黑色皮椅和一張圓形玻璃小桌，書桌前的那張椅原本應該是放在這裡，因為要見客人而將它移至書桌前。

賀老先生站在書桌後方，看著我們微笑。

「爸爸，這位便是許先生。」

「許先生你好。」

「賀先生你好。」我們握手，他的手很溫暖。他請我坐下來。我坐下時瞥一眼他書桌上的書，是數本關於商業管理的書籍，旁邊還有數份報紙。

他個子挺高，背脊微弓，全白的頭髮往後梳，雙眼炯炯有神。他臉上的皮膚雖然有很多皺紋，但看起來卻健康和富有光澤，還透出微微的紅色，容光煥發。他穿著合身的淺藍色間條襯衫和黑色西褲，優雅地慢慢坐下。他可能是我遇見過的老人家中最好看的一位，女性當然不計在內，因為不能一起比較。

「爸，我去叫芳姐給你倒杯茶。許先生你想喝杯咖啡嗎？」賀希兒輕快地說。

我答道：「好的，麻煩了。」

「不用客氣，那你們慢慢聊。」她說完後便走出書房，關上門。

「許先生，聽希兒說你是她好朋友的朋友。」

他說話的速度有些緩慢，音量也不大。

「對，我曾替那位朋友解決一些事情，所以賀小姐這次想找我幫忙。」

「我聽她說你是私家偵探，這是很特別的職業。你當私家偵探很久了嗎？」

「有數年了。這在香港的確挺特別，始終沒有在外國那麼普及。」

「的確。實不相瞞，其實我想不到希兒真的會找私家偵探查阿哲的下落。」

這讓我頗意想不到。我以為是他叫希兒找人查出程學哲的下落。他拿起他斜前方的座檯式相架，從抽屜裡拿出一塊黑色的布仔細地、慢慢地擦拭它。他擦完後小心的斜放回原來位置。我看到那是他年輕時的照片，約四十多歲，照片中的他眉清目秀，穿著深色西裝，英氣逼人。

「原來這是賀小姐的主意？」

「可以這樣說。雖然我們也想知道阿哲的下落，但沒想過真的找專業人士去調查這事。因為這樣好像太誇張和勞師動眾了。」

「我聽賀小姐說你們非常信任他。但他離開後就完全聯繫不上，這又似乎不太正常。」

門口傳來「咚咚」的敲門聲，芳姐在房門外叫喚：「老爺。」

「請進。」

芳姐進來將飄著熱氣的茶和咖啡放在書桌上。我將少量咖啡糖倒進杯內，攪拌後呷了一口。即磨咖啡的香醇口感在舌上徘徊。我想起今早在喜來登酒店那杯漂亮的冰咖啡。

賀老先生喝了一口熱茶後說：「可能阿哲有不可告人的重要理由，因此我們也慢慢接受了。想不到原來希兒一直都放不下。」

「他們的感情應該很好。」

「的確，由希兒出生開始，阿哲便看著她長大。他們兄弟姊妹當中，希兒跟阿哲的感情最好。對了，許先生你打算怎樣開始？」

「先掌握多些程先生的資料，因此今天來打擾你們了。」

「別這樣說。你現在有足夠的資料嗎？看看我能否幫上忙。」

「我知道他一些背景，今早賀小姐跟我談了一會。程先生是孤兒，沒什麼親人。他二十三歲便開始在你們家服侍，直到今年突然留下一封簡短的信離職前，他已經在你們家工作了二十五年。他未婚，好像也沒有女朋友。」我將目前得到的資訊重點地跟他說了一遍。他時不時會點頭同意我說的內容。

「我問過賀小姐他會不會去了外地，有沒有想起什麼有可能的地方。她說程先生很喜歡台灣，他也有朋友住在那邊。」

「他好像有一位老朋友住在台北。」

「你有他那位朋友的個人資料嗎？」

「讓我想一想。」他聚精會神地呷了一口茶。窗外傳來鳥兒的啾啾聲。這書房充滿悠閒的氛圍。

「我暫時記不起來，因為阿哲也很久沒提過那位朋友了。如果我之後記起來，會儘快告訴你的。」

「好的。你對程先生現在的下落有沒有什麼想法？」

他思索了一會兒後說：「他可能想自己一個人靜靜，這是我近來認為阿哲突然離開的原因。不少人活到這樣上下的年紀，都想改變一下生活模式。有些人會離開他做了十多年甚至二十多年的工作，去創業或者嘗試做一些完全不同的工種，例如去寫作、畫畫或攝影等，尋回自己的夢想或真正想過的生活。有些人會用一兩年甚至更多的時間遊歷全世界。有些人以前從來沒有信仰，在這個年紀突然去尋求真正的上帝。有些更極端的會決定離婚，過上完全不同的生活。我想阿哲到了這年紀，也可能想改變他已經過了二十多年的生活方式吧。而且他是一個孤兒，我曾看過一些書，說有些孤兒經歷過的孤獨會伴隨他們一生。即是他們一生也擺脫不了在他們內心深處某部分的孤獨感，心底始終存在著些缺憾。所以阿哲可能想在目前的生活中抽離而突然請辭，現在他可能過著想過的生活吧。這是我近來的想法。」

我一邊聽一邊思考他的話，覺得不無道理，但又好像仍有不少疑問。

「但你們和他的關係很好又這麼信任他，應該能讓他不感到那麼孤獨？」

他微微將頭偏向玻璃窗那邊，凝望窗外的景色。他的姿勢與神情像一尊優雅的古老銅像。接著他說：「我和希兒跟他的關係的確很好，但我另外的兒女跟他卻說不上是特別要好。而且人太複雜了，即使他在這裡工作得很愉快和投入，而這裡也真是他的家，我早已把他當作家人一般看待，但這始終不等於他就不會再感到孤單，因為我在書本上也看到不少小時候是孤兒的實例也有類似的情況。」

「賀先生你真的很關心程先生，似乎看了不少關於分析孤兒的書。」

「其實我很喜歡看書，基本上大部分題材的書我也會看。而且阿哲的成長背景比較特別，當我在書本上看到相關的資料時很自然就會格外留神了。」

我看了看他背後書櫃上排得密密麻麻的書，真的包括很多不同類型。

「你也很喜歡看書？」他微笑著問。

「喜歡，但沒有賀先生你看得那麼多。」

「你真謙虛。我就知道你會喜歡。你的眼睛是聰明人的眼睛。」

「太過獎了。請問賀小姐的姊姊和哥哥們跟程先生的關係是怎樣的？」

他靜靜地呷了口茶，我也拿起我的咖啡呷了兩口。

「他們跟阿哲的關係並沒有我和希兒跟他的那麼好，但絕對不差，畢竟阿哲已在我們家服侍了那麼多年，大家也認為他是我們家的一分子。」

「程先生和他們之間有沒有什麼不和？希望你不要介意我這樣問。」

「不介意，這方面我認為沒有。相處了這麼多年，大家之間曾經發生過摩擦很正常，即使是我和希兒跟阿哲也不是從來沒有相處上的摩擦。但要說到他們之間是否有很深層次的不和，我想是沒有的。」

窗外又傳來雀鳥的鳴叫聲，清脆悅耳。不知為何，我突然想起下雨天。如果下雨天坐在這裡或陽台上那木搖椅裡聽著淅瀝的雨聲在賞雨，應該是一件非常美好的事。

「你暫時有什麼頭緒嗎？」

「暫時沒什麼特別的想法。我一會兒會去程先生以前住的房間看看，希望可以有點頭緒，但這要視乎有沒有運氣。非常感謝你的時間，我也不打擾你這麼久了。」

「別客氣，在這事上如果有什麼需要可以隨時告訴我們。如果對阿哲的下落有任何眉目，也請儘快讓我們知道。我們也希望得知他現在過得好不好。」

「沒問題。」我們站起來握手。我步出書房。

第五章

關上書房門後，我沿著走廊走回樓梯口。

「Hello。」

我轉身一看，一名男子站在走廊口。他身高約一米七五，留著及肩的中分鬈髮，唇上和下巴都有濃密的鬍子，面容頗憔悴。他身穿深色的衛衣[4]和棉質長褲，手裡拿著一個杯。看他這個造型，他應該是希兒的二哥賀俊謙。

「嗨。」

「我是希兒的哥哥。你是許先生，私家偵探？」

「對，很高興認識你。」

「哈，跟我說話不用這麼客氣。」

他慢慢地走過來，腳步似乎很沉重。我看到他手中杯子裡盛著的是深紫色的液體，我不知道那是什麼。賀宅裡似乎你想喝的東西都可以喝到，不管那東西是什麼顏色。

[4] 衛衣，稱呼源於英文Sweater，指厚的針織運動衣服、長袖運動休閒衫，料子一般比普通的長袖要厚。袖口緊縮有彈性，衣服下的邊和袖口的料子是一樣的。

「聽賀小姐說你是一位畫家。」

他雙眼瞪大，眉頭一揚，露出微笑。

「你看過我的畫？」

「沒有，只是今早聽賀小姐說過。她還說你有時會專程去外國看畫展。」

「嗯哼。」他呷了一口杯中的深紫色東西，「我上週才從紐約回來，之前在美國待了兩個月。不過單是為了看Edward Hopper的畫，這趟旅程已經完全值回票價。你有沒有聽過這個畫家？」

「沒聽過。」

「他是真正的藝術家。啊，你會不會想現在看看我的畫？如果你感興趣的話。」

「我有興趣，但現在比較忙，希望下次可以有機會欣賞。」

「希兒找你查哲哥的下落對吧。」

「你有頭緒嗎？」

他走過來我旁邊，背著樓梯的欄杆將雙肘擱在欄杆上。

「沒有。」他看看我，「哲哥他純粹只是不想幹吧。」

「他在這裡工作不開心？」

「不是，我意思是他可能有其他想做的事，所以不想再當管家。」

「你跟他的關係好不好？」

「挺好的，雖然沒有希兒跟他那麼好。他就像希兒的另一個爸爸。」

「但他離開後連賀小姐也沒有再聯絡。」

「唔……可能始終只是一份工作吧。不是有很多人未離開公司前會非常投入那裡的文化和環境中，又跟同事們關係好像很好的，但離職後就像人間蒸發了那樣？」

我想不到他會突然說出這樣的話。似乎他並不是只懂活在自己世界中的那種藝術家，始終他也在他爸的公司工作過，對世事也有一些概念。不過也不能單憑一兩句說話就做出判斷。

「的確，你認為程先生也是這樣的人？」

他仰起頭看著天花板說：「不是，但眼前的事實似乎就是這樣。」

「你知不知道他有什麼親戚朋友？」

「我跟他很少談及他的私生活，所以不太清楚。我想希兒應該會知道吧。」他說完後盯著走廊口發呆。

「好吧。我要下去找賀小姐了，要跟她再了解多些情況。謝謝你的幫助。」

我準備轉身下樓梯。

「不好意思，沒幫上什麼忙。不過出來走走跟你這個陌生人談一會後感覺好像好一點。今天怎麼畫都不順利，畫了一整天的垃圾。」

我轉過頭來，對他說：「祝你畫畫順利。」

他淺淺一笑，「下次有時間來看看吧，我的作品。不會令你失望的。」他往走廊搖搖晃晃地走去，像醉酒了一樣。

無論是外表或性格，他跟希兒一點也不像兩兄妹。我對賀大小姐和大阿哥更感興趣了。他們可能四人的外表跟性格都完全不相像，這樣我真的會大開眼界。同時意義可能很深遠。

第六章

我下樓到大廳，希兒正坐在沙發上看書。她正襟危坐，我突然發覺其實她整個人都好像日本人。

「你跟你爸爸一樣都很喜歡看書。」

「啊，你們談完啦。」她闔上書本放在一旁。

「對，剛才在樓梯口還碰到你二哥。」

「二哥？那他應該是畫得累了到處走走吧。」

「他也是這樣說。他整個人真的很有藝術家的感覺。」

「哈哈，你有沒有直接跟他說？他應該會很高興。」

「沒有，不過我有說聽聞他是畫家，他聽了也挺高興的。」

「他對自己這身份感到很自豪。你和爸爸談得怎樣？」

「他說了不少他覺得程先生會突然請辭然後下落不明的原因。他似乎挺驚訝你自己去找私家偵探調查程先生的下落。」

「其實我曾經有跟他提過，不過他覺得沒有必要，因此他應該沒放在心上。而且他一直很信任哲哥，覺得哲哥這樣做一定有他自己的原因，所以也不想一直深究下去。其實我本身也並非一定會找人去查哲哥的下落，只是之前碰巧和瑩瑩談及這事，她說我可以找你幫忙看看會否有新的發現，我聽見後覺得也可以一試，所以就找許先生你幫忙了。」

「我也希望能夠幫上忙。我們現在可以去程先生住過的房間看看？」

「可以，哲哥的房間在二樓，你跟我來。」

這次走至樓梯口時，我才注意了在另一邊的飯廳的模樣。剛才第一次上下樓梯時都只顧想事情。飯廳裡長方形的白色餐桌可以坐十人，配有十張黑白色的餐椅，餐桌中間放著一個圓柱體玻璃花瓶，裡面插著數枝淡黃色的花。餐桌上方垂著一盞有格調的灰白色時尚吊燈，完全不是那種傳統的水晶吊燈款。餐桌旁的牆上掛著油畫，畫中是淺藍色天空下的金黃色樹林與一個湖泊，藍綠色的湖水中有金黃色樹林的倒影，湖面飄散著一些樹葉。整幅畫顏色柔和，看著讓人賞心悅目，可惜我現在沒有時間和心情慢慢欣賞。

我們走進二樓的走廊，一直往走廊的盡頭走。程學哲的房間在盡頭那一間。

這房間不算很大，但以單人房來說，已比很多普通家庭的單人房大不少。這裡放著一張單人床、一個衣櫃、一個木書桌書架組合和一張木椅。所有東西都整整齊齊。

「程先生離開的時候就是這個樣子嗎？」

「對，我之前來這裡看他的東西後都會放回原位，所以現在這樣就是他離開時的樣子。」

書桌上只有一盞枱燈、一盒紙巾、一個插著數支原子筆的筆筒和一個杯。沒什麼特別之處。

這書桌上方和下方也搭著書架，書架上一共放了數十本書。書的種類不少，有文學小說、商業理財、電腦、生活風格甚至是藝術設計的書籍。

「你們家的人似乎都很喜歡看書。」我一邊拿幾本書出來翻一邊說。

「哲哥他很用功。他說自己學歷不高，怕會失禮我們，所以閒暇時常常看書提升自己。」

我隨手翻了幾本書，沒什麼發現。

「他的書類型挺多的，你知不知道他最喜歡看哪種書？」

「他好像很喜歡看小說，以前常常見他在讀。」

「他最喜歡哪位作家？」我仔細看看書架上的小說，它們包括了不同國家的作家作品，但沒有哪一位的作品明顯比較多，只放了每位作家的一本書在這裡。不，這裡有兩本卡繆的書，其中一本太薄，我差點沒留意。

她皺起眉頭思想了一會兒，「好像又沒聽他提過……」

我將兩本卡繆的書都仔細翻過，沒有發現。我走過去衣櫃前將櫃門拉開。裡面只是掛著數件普通的衣物。我蹲下拉開床下方的三格抽屜，也只是一些普通衣物，完全沒有奇特之處。我感到有點唇乾舌燥。

我轉頭再看看書架，突然想起賀老先生說的一句話。有些人會突然走去寫作、畫畫或攝影，尋回自己的夢想或真正想過的生活。

「程先生那麼喜歡看小說，那他喜歡寫作嗎？」

「寫作?好像沒……啊,你這樣說我突然想起一件事。很多年前他還沒進來我們家工作的時候,他很喜歡舞台劇,甚至參加過業餘舞台劇團。他好像曾試過替那劇團撰寫劇本之類的,如果說寫作的話我就只想到這件事了。」

「知道那劇團的名稱嗎?」

「好像是叫什麼葉的,我上網查查看。」

「麻煩了,不過那劇團可能早已倒閉了也說不定。」

我將書架上關於藝術的書籍都拿了出來,發現數量不少。它們涵蓋畫畫、美學、藝術理論和戲劇等,我將它們逐一翻過。

「找到了!叫『楓葉劇團』……咦,這劇團現在仍在運作。」

「太好了。」我將名字記下,總算多了一點線索。雖然如果沒有這條線索,我還是有其他部分想再深入調查,但線索永遠多多益善。

「這會有幫助嗎?」

「不知道,但所有線索我都會儘量嘗試一下。」

我繼續將餘下的書檢查一次,但都沒有值得留意的地方。這樣我整間房間可以查看的東西都看過了。

「今天打擾了,我明天可能會去劇團一趟,有什麼消息會儘快通知你。」

「謝謝你,我叫司機開車送你回去吧。」

「麻煩了。」這些時候總讓我覺得有錢真好。

賀家的司機是一名四十多歲叫齊哥的男人，理著整潔的平頭裝，圓圓的臉上有一對猶如兩條橫線、永遠都睡不醒的眼睛和扁平的鼻子。他身形肥胖，整個人有一種自然的滑稽感。希兒送我到大門口後，我們道別，我跟著齊哥上了一輛黑色賓士。我叫他在中環讓我下車便可以。途中我們閒談了一會，他說他剛來賀家當司機約半年左右，因為上一任的司機退休了。他對這份新工作非常滿意。我問他熟不熟悉程學哲，他說因為只認識了短時間所以不熟悉，但覺得程學哲是一個很好的人。他跟阿菁則比較熟，因為他們差不多時期來賀家工作。我問他誰是阿菁，他說是除芳姐外的另一位女傭，主要負責做飯和清潔，而接待客人主要是芳姐的職責，因此我見不到阿菁很正常。

我下車時天色已黑，皇后大道中上人山人海。我來中環沒有任何特別的事要做，就只是想在這裡走走。街道上很多剛下班的白領族，他們有的疲憊不堪，像已經搬了一星期的水泥。有的步伐非常急速、神情極度焦慮，似乎在趕著去什麼重要的會議，趕不上公司便會損失一百萬。有的和朋友同事們有說有笑，覺得終於從一週的辛勞中解脫。我悠悠走著，和他們格格不入。

我在一間茶餐廳吃晚飯後，坐車回家。

第七章

第二天起床後，一股想喝咖啡的強烈慾望在我腦海裡盤旋。我梳洗後便急不及待走到附近的一間西餐廳點了一個豐富的美式早餐、一杯熱咖啡。這早餐有炒蛋、香腸、茄汁焗豆、番茄、培根和牛角酥，除了那如果吃掉會等如直接將一大塊脂肪吃進肚裡的培根外，其餘的我都吃得乾乾淨淨。我一邊喝著熱咖啡一邊用手機查看怎樣去「楓葉劇團」。昨晚睡覺前在網上查過它位於太子和它於星期六也會在上午九點便開門，既然它今天也會開門，我決定趁早先去走一趟，現在查看去那裡最方便快捷的路線。

我乘地鐵到太子站，在最近太子道西的出口走出來。現在是九點十五分，星期六這時段街上的行人不多，我沿著太子道西走，很快便看見劇團所在的那幢大廈。

大廈外牆深灰色，骯髒殘舊，有不少地方已經變成黑色，像被煙燻過。這大廈一看就知道最少有幾十年歷史。我走進大門口，前面是一條陰暗的走廊，天花板上有數支發著黯淡白光的長光管，其中一支時明時滅，發出微微的嗡嗡聲，像一隻苟延殘喘的蒼蠅。走廊旁的金屬信箱一年只會清潔一次。走過這十米左右的走廊後，眼前有三部升降機。一名身穿白色襯衫但沒有扣上任何紐扣的男管理員坐在一旁面無表情地看著我。他的白髮稀疏，雙眼半合，襯衫下的白色汗衫破了兩個洞。他一直看著我，似乎有數不盡的話要跟我說，但直至我等到升降機到了，他的嘴連動也沒動過。

「楓葉劇團」在六樓。我步出升降機後，沿著有點昏暗的走廊走。這走廊雖然殘舊但挺乾淨，有陽光透過走廊的小窗射進來，比樓下大堂那條走廊好得多。

我看到「楓葉劇團」這四個字，名字旁邊有它的標誌，是一塊左半邊是深橘色、右半邊是深紅色的楓葉。

隔著玻璃門朝裡面看，一名身穿深紅色運動套裝的女人背著我在掃地，除了她我暫時看不到有其他人。我按下門鈴，室內傳來「叮咚」的聲響。女人轉過頭來，有點詫異地看著我。她放下手上的掃帚走過來開門。

「你好。」

「你好，有什麼可以幫你嗎？」她一本正經地問。她看上去四十多歲，臉上化了淡妝。

「我想問關於你們劇團很久以前一位團員的事情，他叫程學哲。」

她疑惑地看著我，「請問你是誰？」

「我姓許，是私家偵探。我想找程學哲先生，但不知道他現在在哪裡。」

我將我的名片遞給她。她看了一下，表情更加雲裡霧裡。

「他是我們以前的一位團員？」

「對，但可能是二十多年前的事了。」

她瞪大雙眼問：「二十多年前？」

「我得到的消息是這樣，他也可能一直以來都有跟你們劇團的人聯絡，但我不能確定。」

「嗯……請你等一下。」她說完後關上門往裡面走去。

我隔著門仔細瞧瞧這單位，這裡有一千多呎，最少有兩間房和一個洗手間，女人進去了其中一間房。眼前是一個大長方形空間，是他們進行練習、綵排、開會等的地方。幾十張藍色的塑膠椅疊成數層放在一個角落附近，一旁還有數張可以供六至八人同時使用的淺灰色長摺檯。一塊活動式白板斜立在另一個角落，上邊用黑色墨水的白板筆寫了不少字和箭頭，像一個流程圖。這裡也有投影機、投影幕和喇叭。可能剛才被這大廈的外形和樓下大堂與走廊的感覺影響，我想不到這裡竟然挺整潔和舒適。

那女人從房裡走出來。她身後有一名年約六十歲的男人，個子不高但體態健壯，穿著深藍色格子襯衫和牛仔褲。他徑直向我走過來，女人則回去繼續掃地。

「許先生？」

「對。」

「我姓張，是這裡的負責人。聽說你想問關於程學哲的事？」他的聲線沉厚，皮膚黝黑，雙眼又大又圓，目光頗為機靈。

「沒錯，他應該是你們劇團的團員。」

「他是，但那已是很久以前的事了。我也已經很多年沒見過他。他發生了什麼事嗎？」

「他的家人有一段時間沒能聯絡上他，他們想知道他的下落。我想來看看你們這邊有沒有他的消息。」

他聽見後雙眉皺了一下，神情像一隻貓頭鷹。「或者進來坐下談？」

「好。」

他帶我到剛才他待在裡面的那房間，然後輕力關上門。這裡是他的工作室，完全實而不華。我和他在長形辦公桌的兩邊相對而坐。桌上有一台電腦和不少文件，但並不混亂。旁邊放了一個大書櫃，但裡面的書其實不多，更多的是DVD、藍光光碟和唱片，還有不少雜物，例如地球儀和中式古董風格的花瓶，感覺上雜七雜八。牆上貼了數張電影和舞台劇海報。這房間的氣派跟賀老先生的書房可說是天淵之別。

「他們有找警方幫忙嗎？」他將兩手十指交握，擱在大腿上。

「沒有，他們不想將事情鬧大，所以找了我幫忙。而且程先生是一個正常成年人，有時只是想隱居一下也說不定。」

「他們有多久沒能聯絡上他了？」

「恕我不能說，他們不想透露。」

我仔細觀察他的表情，但暫時察覺不到有異樣。

「你對上一次跟他聯絡是什麼時候的事？」

他想了想，「其實我已很久沒跟他聯絡。對上一次可能已經最少是……六七年前的事，我記得他說他有一份十分穩定的工作，生活過得很好。在那之後我們都沒有再聯絡。」

「那次是見面？」

「不是，只是透過電話傳訊息而已。如果是親身見面，我想最少有十年沒見了吧。」

「那真的很久。你跟他是怎樣認識的？」

「就是在這個劇團認識的。當年我和他差不多時候一起進來這個劇團，而且我們當時都很沉迷舞台劇，所以挺聊得來。那時我們常常來劇團打發時間，基本上一有空便會來。你知道的，二十歲左右的時候，什麼也不多，就是覺得時間和青春多。所以當時很快便會跟劇團內的人混熟。」

他看著我停頓了一下，似乎等我將他的金句抄下來。

「不過他在這劇團待了兩三年左右便離開了，之後好像都沒怎麼再來過。」

「他為什麼離開？」

「要謀生吧，我想。我們這些業餘劇團，資金從來就不多，而且當時劇團成立不久，資金非常拮据。大家都是純粹為興趣和夢想而以業餘性質參與，根本不能靠舞台劇來吃飯。這麼多年來，不少離開的人也是因為工作或生計而離開的。如果心中那團火不是那麼熾熱，又工作又不斷參與劇團的忙碌生活始終會讓人太累而想放棄。」

「那他當時沒有確切說出離開的原因？」

他皺著眉想了一會，「不記得了。始終是太久以前的事。不過他本來就比較沉默寡言，不是那種會開放自己內心的人，有時甚至覺得他心裡藏著很多祕密，所以他沒有說原因就離開的機會很大。」

「他參與劇團時主要做什麼職位？」

「主要是幕後工作，例如舞台助理。他也演過一些小配角，而且印象中演得挺不錯，但當時沒有受到很大注意。當然他也會在劇團內做一些其他雜務，當時年輕的男團員都是這樣。你知道的，我們這些小劇團，分工不會那麼仔細，很多時一個人要身兼兩職甚至數職，當年的情況更加是這樣。」

他似乎很喜歡說「你知道的」。下次他再說時，我想說我根本不知道。

「聽聞他也寫過劇本。」

「啊……」他仰高頭，張大了口，表情誇張地說：「你不提起我真的便忘記了。他的確寫過，其中一些短劇的劇本我們更是有演過的。其實他為人沉默內斂，寫劇本可能更適合他。雖然我們是做藝術的，但不得不說劇團有時就像一間商業公司，健談外向的人自然會較受人歡迎，也能得到更多機會。程學哲他不是這樣的人，所以可能他慢慢發現劇團的生活不適合他吧。」

「你還有他寫的劇本嗎？」

「不會有了，都這麼多年，而且我們劇團連地址也搬過兩三次。你知道的，每次搬遷總會扔掉很多東西，而且那年代不會所有東西都有電腦備份，只會保留最重要和最常用的。」

言下之意就是程學哲的作品不是最重要和最常用的東西。

「那你們劇團有沒有哪一位跟程先生比較熟絡，可能會一直有跟他聯絡？」

「這個……讓我想一想。」他用力地閉起雙眼沉思。他整個人都很浮誇。「有了，當年有一位女團員跟他很要好，有人更說他們當時在談戀愛呢。不過這位女團員我也很久沒聯絡了，但我只能想起她。」

「有她的聯絡方式嗎？」

「讓我看看。」他打開桌下的抽屜，伸手進去摸索了一會。他要找的東西很久沒用到了。之後他終於拿了一疊東西出來，我仔細一看，是一疊用橡皮筋綁在一起的舊名片，像老人家藏在床底的舊紙鈔。他翻找著它們，一會兒後，他瞇起雙眼看著其中一張。

「是這張了。」他將名片遞給我。

我接過來，是一張已經泛黃的白色名片。上面寫著「黑馬貿易公司」和公司地址，名片的主人是總經理卓姍姍。名片很寒酸，可以說完全沒有設計可言。

「這是她數年前開的公司，但不肯定是否還在營運。近年聽到不少朋友說她愈來愈奇奇怪怪。」

「奇奇怪怪？」

「我也不知道，只是聽人說。不過她為人已經孤僻古怪了很多年，頭腦一直不太清醒似的。但近年情況似乎愈來愈嚴重。」他邊說邊搖頭。

「劇團以前的地址也可以給我？」

「會有用嗎？」
「不知道，只是有備無患。」
他聳聳肩，「好吧。」然後他用電腦查了一下，在一張單行紙草草寫下兩個地址。他寫完後想了想，「也一併給你我的電話吧。方便聯絡。」他寫下他的電話號碼，然後將紙給我。
「我差不多要走了，多謝你的幫忙。我自己出去便可以。」我站起來伸出手跟他握手。
「有什麼消息的話，請告訴我。始終跟他是老朋友。」我走至門前時他跟我說。我轉身跟他點點頭，然後走出房並關上門。
那位女人現在正背著我在角落抹摺檯。我走過去洗手間旁的那扇門，輕力打開它。是一間普通的工作室，比剛才那間大一點，但這裡是兩個人用的。我輕力關上門後走近女人。
「可以借洗手間一用嗎？」
「啊，當然可以。那邊就是。」她指著門口貼著「洗手間」的那扇門。
我進去關上門看了一會，只是很普通的洗手間。我出去跟女人道謝後便離開。
這男人非常世故，但暫時他說的話沒什麼有問題的地方。我在走廊的防火門後站著，隔著門上的窄長玻璃偷偷觀察「楓葉劇團」的門口有沒有動靜。過了三十分鐘，什麼也沒發生。我離開了那大廈。

第八章

我從大廈出來時，天色已變得陰暗，並下起微微細雨。我按著名片上的電話號碼致電給黑馬貿易公司，電話接通但沒人接聽。我站在一旁的大廈簷篷下用手機在網上搜尋這公司的名字，一點資料也找不到。今天是星期六，即使這公司還在也不一定有人在辦公。比較幸運的是名片上的地址是荃灣，我坐地鐵只需二十分鐘左右便可到達荃灣站。如果他們有人要今天上半天班，我現在過去絕對來得及。

我在太子站上車後用手機地圖查看這公司的確切地址，發現原來它比較近荃灣西站而不是荃灣站。雖然從荃灣站走過去也可以，但從地圖看，路線似乎會比較迂迴複雜。我不熟悉那裡，於是決定在美孚站轉乘西鐵線往荃灣西站。這路線需時會長一點，但也只是多數分鐘而已。

那條街叫柴灣角街，從荃灣西站走過去要十多分鐘。我很納悶為什麼柴灣角街不在柴灣而是在荃灣。而且從地圖看上去那裡挺偏僻。

從荃灣西站出來，海邊清冽的風挾著微雨迎面吹來。我跟著地圖走，沿路行人不多，這附近應該不是熱鬧的地方。我過了數條馬路後再走一會，終於到達柴灣角街。這條街有很多工業大廈，但因為很多人今天不用上班，現在這裡頗清靜。

黑馬貿易公司位於接近街尾的一幢工業大廈，那大廈叫金虎工業中心。金虎與黑馬，相襯得很，不知道那位奇奇怪怪的卓姍姍是否因為這原因將公司地址選在這大廈。

我走到金虎工業中心的大門前。這大廈的外牆殘舊，顏色是淺藍色與白色，但看上去比剛才楓葉劇團的那大廈好一些。升降機大堂一點也不明亮，但也沒剛才那大堂那麼破舊不堪。不過這裡有一陣發霉的味道，如果是在炎炎夏日，這味道混合男人們的汗味可不是說笑的。

我看看一旁牆上的大廈指南，二〇四室的確是黑馬貿易公司。我乘升降機上二樓。那股霉味仍然在空氣中飄散，但沒有在樓下時那麼強烈。二〇四室在接近一邊走廊的盡頭。走廊灰灰暗暗，沿途有兩個單位都拉下了鐵閘。我走至接近二〇四室時，發現它透出微微的燈光，這讓我挺驚訝。

它的門是一道磨沙玻璃門，我看不到裡面是什麼樣子。旁邊的牆上有它的乳白色塑膠名牌，但上面有不少污漬，「公司」的「司」字被污漬弄到幾乎看不到。

我按下門鈴，室內傳來走音的門鈴聲，像在卡拉ＯＫ房時隔壁那房間傳來的歌聲。我等了一會，沒人來應門。我又再按了一下門鈴，還是沒有反應。我按第三次時，終於有人來。

一個長髮蓬鬆的女人打開門。她雙目無神，但看著我的目光帶著警戒。

「你好，我想找卓小姐。」

她狐疑地看著我，雙眼下有濃黑的眼圈，形容枯槁。她穿著黑色圓領毛衣、深藍色牛仔褲和白球鞋。

「你是誰？」

「我姓許，私家偵探，是楓葉劇團的張先生給了我卓小姐的名片。」

她戒慎地打量我一下，一聲不吭地關上門。是你了，奇奇怪怪的卓姍姍。

「我來是想問關於程學哲的事，他失蹤了。」我提高聲量對著門口說。

沒有動靜，現場一片死寂。過了十多秒，她再度打開門。

「你說程學哲失蹤了？」她的表情終於清醒些。

「對，我想和你談談。」

她猶豫著，我將我的名片遞給她並說：「一會兒就好。」

她皺著眉看了一會我的名片，然後轉身慢慢走進去。我關上門並跟在她身後。

這辦公室約二百多呎，凌亂不堪，隨處有數棟疊起來約兩米高的咖啡色紙箱。燈光昏暗，窗前的百葉簾都拉下了，擋著窗外的光線。四處瀰漫著消毒藥水的味道和濃濃的菸味。她走去一張辦公桌附近，隨手將一張椅上的雜物拿走並放在一旁，把那張椅推過來讓我坐下。桌上的雜物和菸灰缸中的菸蒂只差一點便多過天上繁星。她緩緩在我對面坐下，將一包打開了的菸遞給我，我微笑回絕了。

「不抽菸的偵探？」她的表情很驚訝。她自己拿了一根，叼在嘴裡，用打火機點火。她吸了一口後仰起頭往天花板吐出迷濛的煙霧，表情陶醉得讓人難以置信，像一個在沙漠快渴死的人找到一罐可樂十萬火急地喝了數口後的表情。

她問我：「他什麼時候失蹤的？」

「有數個月了。」

「數個月究竟是多少個月？」她神情有點緊張。

「三個月左右。」

她一邊抽菸一邊沉思。我看著她的右手手指，食指和中指之間夾著菸的位置已經發黃。

「我在那之前見過他，大概四五個月前吧。」

「你們在哪見面？做了什麼？」

她眼神閃爍，「就只是普通見面吃飯罷了，沒什麼特別。」

「你們時不時也會見面？」

「很久才會見一次。他發生什麼事？」

「他突然辭去一份做了很多年的工作，然後消失了。」

她非常詫異，瞪大沒精神的雙眼，「辭了管家的工作？」

「對。」

「不會吧……他很喜歡那工作的。他該不會出了什麼事？」

「不知道，你覺得他會出什麼事？」

她頓了一頓，將目光移向別處，連忙抽了幾口菸。

「聽張先生說你跟他的關係很好？」

「不錯吧，認識了很多年。」

「你們以前是情侶？」

她噗哧一聲笑出來，「張先生告訴你的？」

我不置可否，看著她微笑。

「都一百年前的事了。他還提這事，太無聊吧。搞劇團原來那麼空閒嗎，早知我自己也搞一個啊。你說是不是？」

「你以前也很喜歡舞台劇，現在還有沒有參與？」

她抽了一大口菸，看著我斜後方的白色牆壁，似乎看到漫長的歲月在上面流逝。「都一把年紀了。」她把菸在菸灰缸裡捺熄，但她其實還沒完全抽完。這菸蒂明顯比菸灰缸裡的其他菸蒂長不少。「還談什麼舞台劇夢。」

靜默了一會兒後，我說：「程先生當年經常待在劇團，他也很喜歡舞台劇吧。」

她把視線移回我身上，向我眨眨眼，沒有答我。

「他當時為什麼突然離開劇團？」

「不知道。可能沒興趣了吧。」

「他仍然保留了不少關於舞台劇的書，當中有些已舊得發黃。沒興趣的人不會那麼用心保留那些書。」

「可能只是想留念。」

「那麼你認為他現在在哪裡？」

她隨手擺弄著桌上的文件，但絕對沒有將它們排放得更整齊。

「會不會已經不在香港？如果你們說已經找不到他，那他可能已離開香港？」

「那他會在哪裡？為什麼他要離開香港？」

她的眼神又有點飄忽，「我不知道。就只是這樣推測。」

「根據什麼？」

她又點起另一根菸，「沒什麼，就只是因為你們在香港已經找不到他。」

「你知道他發生了一些事，要離開香港。」

「我沒有這樣說。」

「有人要找他，所以他要避開他們。你知道他們是什麼人。」

她深深地吸了一口菸，在我看來，這讓她整個人變得鎮定。她向著我的臉噴出一大口煙。菸味是我最不喜歡的氣味之一。

「別再唬我了，我沒時間和你玩偵探遊戲。」

「這不是偵探遊戲，而且我也沒你所想的空閒。我只想知道程先生發生了什麼事，和他現在的下落。」

「如果我是你，我會查一下他是否已離開香港。」

「如果他不在香港，他會去了什麼地方？」

「美國。」
「美國？」
她大笑了一頓。「在日落時的日落大道散步，金色的陽光照在道旁的樹影……我想回到那裡。」
她又跳進自己的世界。
「你有沒有去過？」
「只去過日出大道。」
「日出大道？也是在美國？」
「在康城。」
「法國？」
「將軍澳那邊的康城。」
她默不作聲地瞪著我，然後笑了。「有意思。那你真的要去一趟，我指日落大道。你不會想回來香港的。」
「那你為什麼會回來？」
她迷濛的眼神打量著我，「關你什麼事？」
「是你打開這話題的。」
她又笑了。她整個人一直神智不清，說起話來有時像自言自語。

「你這裡是做什麼生意？」

她舉起左手，攤開五指，欣賞著自己的指甲。

「消毒用品。藥用酒精、消毒濕紙巾等，光明正大的。」她的聲音如在夢中。

「我沒有說你的生意不光明正大。」

「哈，你這些人就是什麼人也懷疑一番，和警察一樣。」

「警察怎麼了，懷疑你什麼？」

她瞪了我一眼，「只是個比喻。小哥，你是時候要離開了，我要工作。你去好好打聽程學哲的下落吧。」她說完後向著天花板緩緩吐出白濛濛的煙霧。

「多謝你的時間。再見，日落時的日落大道。」

「沒錯，日落時的日落大道。」

我站起來向門口走去。我在拉開門步出辦公室的時候轉頭看向她。她仍然在拿著一根菸盯著天花板看，彷彿那裡是一個螢幕，正在播放一套精采萬分的電影，連一秒也不想錯過。

第九章

關上門後，我看看昏暗的走廊，一個人也沒有。不知從何處傳來像電鑽鑽牆的聲音。卓姍姍說她是做買賣消毒用品，這不見得是謊話，我在辦公室內也看到不少相關貨物。但這未必是事實的全部。她這種精神狀態，連跟人好好溝通都成問題，更別說去打理一盤生意。她會跟我談，證明她也關心程學哲，但她未必跟他失蹤的事有直接關係。因為如果她早知道他失蹤了，她大可完全不理會我。但她肯定知道一些跟程學哲有關的內情，不然她不會經常閃爍其詞。

我故意腳下用力地沿著走廊走，寂靜的走廊清晰迴盪著我的腳步聲。我走過轉角處，按下升降機的按鈕。升降機到了，升降機門轟隆轟隆地打開，裡面空無一人。我走進去按下G樓的按鈕，然後走出來。它關上門下去，我放輕腳步走回走廊的轉角處，在陰暗的位置觀察走廊盡頭的黑馬貿易公司。

她今天會回來待在辦公室，應該是有事要做。但她這樣迷迷糊糊的，坐在辦公室裡能夠做什麼？也可能她是在等人。這兩樣對我來說都可以。但願她星期六自己一個回辦公室這做法不是她的習慣或無聊時會做的事，不然我就在浪費自己的時間了。

兩個小時沉默地過去，門口終於出現動靜。卓姍姍打開門走了出來。她仍然精神恍惚，但沒忘記小心翼翼地鎖好門。她慢慢走過來，我的心跳開始加速。走了數步後，她進去離她辦公室不遠處的女洗手間。數分鐘後，她從洗手間出來，回到自己的辦公室裡，一切又回復平靜。我有點擔心自己是否不應花時間在這裡觀察她。但這女人實在可疑，我決定不想那麼多，繼續觀看她會有什麼動靜。幸好今早為了工作吃了豐富的早餐，現在還不感到餓，但這晦暗的環境不斷讓我想起咖啡的香味。

到了下午三點半，黑馬貿易公司的門終於再次傳出聲音。卓姍姍關燈後走出來，鎖上門，沿著走廊朝我這方向走來，我連忙將整個人縮回轉角處的另一邊。她的腳步聲有規律地傳來，我輕手輕腳地慢慢向後走，待她走過來坐升降機前我便會轉入另一邊的走廊。但腳步聲戛然而止，取而代之是木門被推開的聲音。她打開了走廊中間的防火門並走進後樓梯。

我旋即放輕腳步走回去，在防火門的窄長玻璃小心地窺看，我有限的視野僅僅看到她的白球鞋在上三樓的樓梯上方消失，數秒後，我聽見三樓的防火門被打開、關上。她上了三樓。

我輕力推開門並走上去，站在三樓的防火門後細聽。左邊方向傳來有人用鑰匙開門的聲音。門被打開、關上、上鎖。這下有趣了，奇奇怪怪的卓姍姍在二樓和三樓都有一個辦公室。

我又用回剛才那一招，在三樓升降機旁的轉角處看著防火門左邊那兩個單位的動靜。非常幸運的是，這次我不用等上數個小時，否則我要吃自己的手機當晚餐了。她在十分鐘後便從防火門左邊第一個單位走出來，再走後樓梯下到地面。我悄悄地跟著她。她手上多了一個咖啡色公文袋。

第十章

雨已經停了，但天空依然烏雲密布，到處一片灰濛濛，空氣中充滿潮濕的味道。我隔著一段距離跟蹤卓姍姍，她的氣息看來比今早好了不少。街上的行人依然稀稀落落。她應該很清楚自己要去哪裡，途中完全沒有猶豫，走的盡是小街小巷。我就這樣跟著她走了約十分鐘。

這時她稍微加快腳步拐進一條小街，我迅即跟上去。她在這條街走到接近一半時，突然將公文袋扔進一旁的小巷中並急步走開，頭也不回便消失在轉角處。我四下一看，這街上只有一對青年男女和兩個女人遠遠地走著，並沒有人走近那小巷巷口。我拿出手機一邊裝作談電話一邊踏步上前，走到那巷口的位置。原來她將那公文袋扔在巷口一個用竹編成的垃圾籮裡，剛才我在她背後一段距離的位置看不到這垃圾籮。籮裡雖然裝有一些垃圾，但仔細一看，整體其實挺乾淨。我站在那裡裝作在談電話，四下環顧一下，我終於看到他了。

他頭髮蓬鬆、衣衫襤褸，手裡拿著兩個破舊的米白色帆布袋，一個流浪漢的模樣。他坐在對面一幢工業大廈地面一個不起眼的地方，那裡應是後樓梯的出口，因為角度的關係我剛才未走上前時看不到他。他跟我四目相投，然後又看向別處。他一直坐在那位置監視著這竹垃圾籮。

我快速從垃圾籮裡拿起公文袋，同時留意著那流浪漢的動靜。他不知道我的身份，應該不會輕舉妄動，因為我有可能是警察。我打開公文袋，內裡有兩個保鮮袋，每個保鮮袋都裝著一個比我的手掌還大、用透明膠膜包住的茶餅。我打開其中一個保鮮袋和裡面的透明膠膜細看並用鼻嗅了幾下，一股濃烈奇特的氣味撲鼻而來。這外形和氣味不會錯，這是偽裝成茶餅的大麻。

那流浪漢一直有留意住我，但暫時沒有動作。我檢查了另一個茶餅，它同樣是大麻。我將兩個「茶餅」放回保鮮袋和公文袋中，將公文袋口的白色線重新圈好，扔回竹垃圾籮裡。我沿著卓姍姍離開的路線走。走至街口轉角處時，我瞥了一眼那流浪漢，他依然在看著我。我離開那街口。卓姍姍早已不見蹤影，我在心裡琢磨這件事，覺得這事背後可能牽連很大。

我走回去黑馬貿易公司，燈依然關著。我悄悄地走至門口旁細聽一會，裡面寂靜無聲，我拿出手機打給名片上印的電話號碼，辨公室內傳來電話響聲。我側耳而聽，除了電話響聲外沒有其他聲音。內裡應該空無一人。我打了兩次電話都待響聲響至自然結束，然後我離開那裡，上了三樓看看卓姍姍取「茶餅」的單位。這單位的門是一道厚重木門，在門外完全看不出端倪。門口的地板上除了灰塵，什麼都沒有。我按下門鈴，沒出現任何動靜。我想這單位和黑馬貿易公司的辦公室平常就只有卓姍姍一人在打理，她今天回來的其中一個目的就是要運送那兩個「茶餅」。現在她已完成任務，但我的任務卻因此添加了很多變數。

我離開金虎工業中心，走至荃灣西站附近找了一間冰室吃下午茶。事情的突然變向讓我的飢餓感一下子湧了出來。我點了一碟揚州炒飯和一杯冰奶茶。希望做這杯冰奶茶的茶葉並不是大麻。

第十一章

密密麻麻的雨又下起來。我快步走進荃灣西站，乘地鐵往紅磡去。其實我今天可以到此為止，因為大麻茶餅的事已是意料之外的重大發現，我應該回家好好休息並思考一下整件事。但這事衝擊著我並引起我的好奇心，而程學哲租的房子在紅磡，我從這裡坐地鐵過去方便快捷，這讓我做了一個可能是錯誤的決定：去程學哲的家走一趟。我完全不知道，那裡有我意想不到的人在等著我，像捕獵者等待愚蠢的獵物自己走進陷阱中。

我從紅磡站走出來，天色已黑，陰暗的天空死氣沉沉，夾雜著雨水的空氣滲透出頹廢氣息。我走過長長的行人天橋下到地面，凹凸不平的地上有不少雨水積聚而成的水窪，模糊反射著街燈橙黃色的光暈。希兒給我程學哲的資料中有他家的地址，我用手機地圖查看確切的位置。我發現那條街叫必嘉街，中文名平凡得很，但它的英文名卻引人遐思。它的英文名是Baker Street，跟福爾摩斯在倫敦的寓所及偵探事務所所在的街名一樣。人們去Baker Street委託福爾摩斯查案，我直接得多了，我自己直接來Baker Street查案。

程學哲的家附近一帶是比較舊的區域，老舊的住宅大廈與店鋪櫛比鱗次，彷彿一座古老的水泥叢林。這裡一點英倫風格也沒有，倒是有不少餛飩麵店。路上的行人撐著雨傘匆匆忙忙走著，不想在雨中的街上多留一分鐘。我找了一會兒，終於找到程學哲所住的那大廈。

那大廈約有十五層高，可以看得出樓齡至少有數十年。外牆的油漆較新，由白色配以淡粉紅色，應該是數年前才重新塗上，但可以說一點也不漂亮。近年香港的舊住宅大廈外牆翻新時很愛用粉紅、淡橙、粉紫等顏色，將外牆塗得跟那些用人造色素染色的廉價西餅一樣，但當這些西餅是十多層高的超巨型西餅時，那就非常古怪了，而且沒有美感。我在大廈的鐵閘門附近等待有人進出，想趁他們開門時走進去。這時候，有人突然在我背後說話。

「大偵探。」

我轉過頭，還沒看清他的臉，後方左右兩側又各有一個人快速走了過來。我感到有什麼東西抵住我的後腰。我嗅到一股濃濃的香水味。

「談兩句？」眼前的男人留著落腮鬍，邊說邊把頭微微一側，眉毛一揚，眼睛看向街道的一旁。

「似乎沒有選擇？」我微笑著問他。

他嘴角上揚，沒有答我，轉身往一旁走。背後抵住我後腰的東西的力道加強了，意思非常明確。我跟著眼前的男人走。

眼前那男人身高約有一點八米，體格魁梧，後腦勺留了一撮髮髻，穿著黑色的外套和藍色牛仔褲。我看不到背後那兩人的外貌，但感覺到他們也不矮小。這附近有不少小巷和暗角，他們三人剛剛應該是躲在附近的暗角處，加上現在正下雨，有心躲起來不容易被發現。

他們帶我走進一條長長窄窄的小巷中，這裡不算很髒，但頗為暗，只有微弱的光線能照到裡面，兩邊牆上有不少塗鴉。我們一直往裡面走，這個距離在巷口的人因為昏暗的關係也看不到我們這邊的情形。這巷的盡頭是一個死胡同。

「要去哪？」

沒人理我。再多走數步，前面有髮髻的男人停了下來，轉過身來對著我，我和後面的兩人也停下腳步。他雙眼看著我，我也看著他。我又嗅到他身上濃濃的香水味。

「玩完了。偵探遊戲。」他對我說。

我看看後方那兩人，他們一言不發地看著我。這二人一個留著黑色短髮，一個則是稍長的金髮，二人年紀明顯較髮髻男年輕，也遠不如他那麼魁梧。他們二人的手現在都空著，剛剛抵住我後腰的東西已經收好了。

「別再查程學哲的事。」髮髻男警告我。他整個人充滿江湖味道，明顯在這行已經混了好久。

「程學哲怎麼了？」

他看著我，嘴角露出微笑。我這時才發現他的落腮鬍明顯精心修剪過，他對個人形象非常講究。

「知道太多對你沒好處，大偵探。你玩到這裡該結束了。」

「如果我不收手？」

他的目光中閃過怒意，但很快便將它壓抑住。他感到被冒犯了。他聳聳肩，看起來很無奈，隨後他非常快速地一拳打在我的腹中。這拳力道相當重，他的身形加上他出拳的身手，顯然訓練有素。我隨即倒在地上，頭暈目眩。背後那兩人立即用腳往我身上招呼，但比起髮髻男那拳，他們完全是小混混打架的水平。髮髻男悠然點菸。

「夠了。」他們踢了我五六下後，髮髻男下命令。

二人中其中一人說：「馬尾哥，這傢伙那麼囂張，不給他多一點教訓怎麼行。」

髮髻男原來叫「馬尾」，雖然他綁的不是馬尾。他沒有回答，蹲下來看著我。

「不收手就會這樣，大偵探。我可以保證，如果有下次，我一定會打斷你一條腿。我叫馬尾，不服氣的話，隨時來找我。」

他每個字都說得鏗鏘有力。平心而論，這傢伙整個人的確頗具氣勢，雖然偷襲我和三個打一個不光彩，而且他們應該還帶著武器。但混江湖的對光不光彩不感興趣。

「如果有下次就堂堂正正單挑。」我說。

「哈，和馬尾哥單挑？馬尾哥三拳就打死你了。查案查到瘋了，以為自己是福爾摩斯啊？」後面其中一人一邊笑一邊說。

馬尾說：「你也有兩下子。這樣中了我一拳還能清清楚楚地說話，不少人已經昏迷了。我欣賞。好，有下次的話就跟你單挑。」他向著我的臉噴了一大口煙，這已經是我今天第二次被人朝臉噴煙，我連眼睛都差點睜不開。「不過你可能會沒命，嘿。」

他對自己的身手很自負。不過單對單的話，我有信心不會輸給他。

「別再插手這件事。下次就不只是警告。」他站起來，帶頭離開。那兩個小混混臨走前又踢了我兩下。

我躺在那裡好一會兒，右邊臉頰剛才倒在地上時擦傷了，正在流血，我感到雨水打在其上時的痛楚。我看著夜雨在微弱的橙黃色燈光中飄零。

第十二章

我慢慢地站起來，腹部被馬尾擊中的地方猶如被火燒般刺痛。那兩個小混混踢的地方相對而言除了還有些痛外沒什麼大礙。我搖搖晃晃地朝巷口走去。

走出巷口前，我用雨水洗了一把臉。我用紙巾儘可能抹乾淨一點，包括右邊臉頰上的血污，免得嚇著其他人。

雨下得更大，街上的行人更少了。我步履蹣跚地走回去程學哲住的那幢大廈。不一會兒，一個女人從大廈裡出來，我把握時機趁她打開鐵閘門後門還沒關上時走進去。管理員不在崗位裡，可能去偷懶了。我坐升降機上去程學哲住的那層。

這大廈雖然已有些歷史，但走廊的白色燈光非常明亮。我走至程學哲住的那單位，塗上奶油色的鐵閘跟深咖啡色木門牢牢地關上。我按下門鈴，毫不意外地完全沒有動靜。我原本打算問問附近的鄰居有關程學哲的事，但我現在這個樣子恐怕太嚇人，他們看見我這副模樣不會想和我多談。雖然無奈，但惟有下次再來。我坐升降機下樓，離開那大廈。

因為腹部劇痛難當，我馬上攔下了一輛計程車，當我坐下後我聽見自己的呼吸聲粗重得像牛一樣。司機看見我的狼狽模樣起初很驚訝，但很快他就回復平靜。像我這模樣的客人他應該見過不少。這趟賠了夫人又折兵的旅程終於告一段落。

我回家後，飛快地洗了個澡，然後處理傷口。我的腹部有一大片瘀青。我隨便吃了些麵包和喝了水後便撲上床睡得昏死過去。

第十三章

睡至半夜時，我感到腹部痛到快要裂開。我用手觸摸痛處，發現貼著腹部的T恤黏糊糊的，嚇了一跳。我將手拿起來看，整隻手掌竟然都是血，我聽見我的心臟在劇烈跳動。這時我睜開眼睛，原來只是發夢。我馬上摸摸我的腹部，T恤很乾爽，我拉起它來看，仍然是瘀青，沒有流血。現在原來已經八點半。我站起來走了數步，發覺全身上下都又累又痛。我用手扶著牆壁上洗手間，上完後覺得還是要再睡一會，我又走回去睡房倒頭就睡。失去意識前，我只希望我能多睡一天一夜。

我再次醒來時是中午十二點。這次起床後感覺好得多，雖然身上不少地方還在痛，但疼痛的劇烈程度與身體的疲累感已消退了不少，取而代之的是強烈的肌餓感。我感到美式早餐與咖啡的濃郁香氣在呼喚我。我快速地梳洗，沒有刮鬍子，換好衣服和在右邊臉頰的傷口換上新的藥水膠布後，便急步走去附近的那西餐廳吃早餐。

我點了一份全日早餐，一邊吃一邊用手機看新聞。剛看了不久，其中一則關於謀殺案的新聞吸引我的注意。一名女子昨晚在油麻地被殺，我仔細閱讀內文，赫然發現那被殺的女子就是我昨天才見過的卓姍姍。

卓姍姍昨晚深夜時分在油麻地的一條巷子中胸口被刺兩刀致死。警方在她手提包內的錢包裡找到她的身份證，而錢包內的現金懷疑都被兇手奪去，他們現在正全力追捕兇手。

這不是普通的劫殺案，當中肯定大有文章。卓姍姍跟毒品交易有關，背景一定相當複雜，這點無庸置疑。碰上毒品交易的，或直接或間接，十居其九會牽扯到黑社會。但問題是，這些跟程學哲的失蹤有什麼關係？昨晚馬尾那些人警告我不要再查程學哲的事，而被殺的卓姍姍跟程學哲交情匪淺，二人還曾經是情侶。現在一個失蹤，一個被殺，這不是巧合的可能性很大。馬尾的警告非常認真，這件事我如果深入牽涉其中，他們會對我出手一點也不出奇。

我想起黑馬貿易公司和它樓上的神祕單位。警方很快便會查到去黑馬貿易公司，可能現在就已經有人在那兒。三樓的單位他們不一定已經發現跟卓姍姍有關，但也有機會已經發現了，不管如何，這值得我去走一趟。

我加快速度吃完餘下的食物、喝完整杯咖啡後便起行。今天是一個忙碌的星期天。

第十四章

我乘地鐵到荃灣西站，在跟昨天同一個出口走出來。綿綿密密的雨仍下個不停，灰濛濛的天空籠罩大地。不知道這沒完沒了的雨會下到什麼時候。海風撲面，風中散發著濃濃的海水味，鹹苦的味道分散了我的注意，腹部似乎沒那麼疼痛。我快步走了十多分鐘後便到達黑馬貿易公司所在的柴灣角街。

街上的行人明顯比昨天更少。我從遠處已看見金虎工業中心附近有警車，他們果然已經去了黑馬貿易公司調查。我放慢腳步走過去。我進入金虎工業中心後，走進後樓梯直接上三樓。二樓的黑馬貿易公司現在一定有警察，我可不想招惹不必要的麻煩。

上到三樓，我在防火門後站了一會，凝神聆聽。沒有任何特別的聲音。我從防火門的窄長玻璃看出去，在可見的範圍內沒有任何人。我打開門走出來，卓姍姍昨天拿「茶餅」的那單位的門關著，看起來沒任何動靜。但當我走至門前的時候，有了新發現。

大門的鎖明顯被人破壞了，鎖孔附近有不少痕跡。門內沒有任何聲音。我用手肘嘗試將門慢慢推開，它果然動了，剛才只是虛掩著。木門輕微的發出吱嘎聲。

這單位比黑馬貿易公司的辦公室更小，長方形的室內空間一覽無遺。我在門口觀看，這裡被用作為一個迷你貨倉，只放了數個鐵層架，沒任何其他辦公室用的家具。裡面一片狼藉，鐵層架上和地上一共有數十個裝貨物用的大紙箱被打開，東西被倒出來，隨地都是藥用酒精、消毒濕紙巾等貨物。他們已經拿走了他們想要的東西。我不能在這裡逗留太久。我輕輕關上門，回後樓梯走至地面，離開大廈。

卓姍姍放在貨倉裡的毒品被拿走了，她的死果然跟毒品有關。我一邊走一邊打電話，電話的另一頭很快便有人接聽。

第十五章

「喂，阿遠？」

「樂，我想找你幫忙。」

「你今次又在查什麼案？」

「這個要遲一些再說。你知不知道一個叫馬尾的黑道中人？『綁馬尾』的馬尾，但他其實是在後腦勺留了一撮髮髻而不是馬尾。身高約一點八米，看上去約四十歲，體格健碩，留落腮鬍。他身手很不錯，身上還有濃濃的香水味。他應該有不少手下，不是普通的小混混。江湖上擁有以上特徵的人應該非常少。」

「聽你形容這像電影演員多於黑道中人，哈哈。我不認識這號人物。」

「他可能真的會客串黑幫電影，做個本色演出。希望他不是男主角吧，不然我真的太孤陋寡聞了。如果可以的話，你幫我打探一下這位仁兄。」

「沒問題，五萬元？」

「為什麼給我打七折？」

他笑了，「這樣強烈的特徵應該不會很難，有消息我儘快告訴你。」

我跟阿樂認識了很多年，他以前是警察，三年前辭職後開了一間酒吧。他一向很健談外向，當警察期間已經結識了不少人，當中包括黑白兩道，所以我有需要時也會找他幫忙打聽一下消息。他從不收我費用，但很歡迎我請他吃飯或到他的店裡光顧。我也曾替他和他的朋友調查過一些事情，當然我也不會向他收費，除非委託人是他的朋友。我覺得我跟他這種友誼滿不錯的。

我聯絡了希兒，跟她說一下事情的進展。我問她是否知道卓姍姍這個人，她說不知道，只知道程學哲很久以前有女朋友，但完全不知道她是什麼人。我跟她說卓姍姍昨晚被殺了，她非常驚訝。

「被殺？為什麼會這樣？」她從電話中傳來難以置信的聲音。

「暫時不太清楚，警方也在調查當中。但她的死很有可能跟毒品有關。」

「毒品？」

「對。這有沒有讓你想起什麼？我不是說程先生也會和毒品有關，只是卓姍姍是他的前女友，而他們也一直是多年的朋友，她昨晚突然遇害，所以想問問你。」

「如果是關於哲哥的，我想不出有什麼關聯……」她頓了一頓，「但是爸爸他非常痛恨毒品。」

「賀先生？為什麼？」

「因為……其實由我說出來有點尷尬，但許先生你有心去調查始終也會知道。媽媽當年就是因為吸食毒品而死的。」

她的聲音中充滿無奈，我沒有立即答話。我的想法是程學哲的失蹤跟毒品有關並非完全沒可能，但如果真的是這樣，我還要找出當中的關係。

希兒稍作停頓後繼續說：「爸爸當年非常努力工作、打理生意，沒有很多時間陪媽媽。雖然他很愛媽媽，用情很專一，但他想給她和我們數個兒女最優渥的生活，而且他很喜歡他的工作，所以當年的他是一個不折不扣的工作狂。媽媽她空閒的時間多，家中的事務和照顧我們數兄弟姊妹的活兒也有哲哥和傭人幫忙，因為爸爸完全不想她操勞。但這樣反而讓她有時感到寂寞無聊，最後碰上了毒品。自此以後，她愈陷愈深……」

說到最後幾句時，她已經開始嗚咽。賀老太死於毒品，深愛妻子的賀老先生自然對毒品痛恨之至了。但聽起來構成這悲劇的原因之一就是賀老先生對他妻子的愛，我一時間也感到很無奈。

「對不起，讓你想起這些往事。謝謝你告訴我，這應該對找出程先生的下落有幫助。另外，我想問你有否見過或知道一個叫馬尾的人？」

我將馬尾的特徵告訴她。

「我沒見過這個人，也沒聽說過。他是什麼人？」

「我也正在調查他到底是什麼人，想知道他跟這事是否有很大的關係。」

「你見過他？」

「對，昨晚還被他打到差點變蜂巢。」我心底裡這麼說，口上只是搪塞過去。不知為何，我現在不想多談關於我和馬尾昨晚的事。我跟希兒再多談一會後便掛線。

第十六章

我又來到紅磡，往程學哲住的那大廈走去。福爾摩斯又回到Baker Street了。

雨勢減弱，但天色仍然陰沉，潮濕的空氣中充滿混濁感。九龍的空氣很差，很多地方一絲的清新空氣比地上的紙鈔更難找，到處瀰漫混濁與污染的味道。

因為昨晚才來過，我還記得路線。我經過昨晚被馬尾他們三人襲擊的那巷子，當我往裡面一看，腹部的疼痛感頓時像潮水般襲來。巷子裡空無一人，而且白天看上去完全沒有夜晚那股危險與犯罪感。我走到程學哲的家樓下。

我前面的男人正在開門進入大廈，我慢慢地尾隨他進去。上年紀的男管理員對我完全沒興趣，只瞧了我一眼便沒再理我。我和男人一同坐升降機上去。這男人年紀不大，但沒有頭髮，不時偷看我臉上的傷口。當我和他的目光對上時，他立刻看向別處。他似乎很想問我的傷口怎樣來。

這大廈一層有八戶，我走去程學哲的單位旁邊的那一戶，按下門鈴。一個年紀約五十多歲的胖女人打開門，一臉疑惑地看著我。

「不好意思，想問你認識旁邊這戶的程先生嗎？我是他的朋友，但最近找了他好久都找不到，他好像都不在家。」

她抓了抓自己的後腦，「啊，我也很久沒見過他了。不過一直以來也很少見到他，很偶爾才會見一兩次，他應該還另有住處吧。你沒有他的電話號碼嗎？」

「也找他不到。你多久沒有見過他了？」

「我想……三四個月吧。」

「你跟他熟嗎？」

「不，只是見到面時會打招呼而已。但他很有禮貌，非常斯文。」她猶豫了一下，側頭看向程學哲的家門口，「他發生什麼事？之前也有人找過他。」

「是什麼人？」

「不知道，也是男的，但感覺有點兇，說話沒什麼禮貌。」

「這個人什麼時候來的？他有什麼特徵？」

她想了想，「約兩個月前吧。他個子不高，瘦瘦的，就只是普通一個男人，應該二十多歲吧，沒什麼特徵。也可能是我已經記不起了。」

「他問了些什麼？」

「也只是問我知不知道程先生在哪裡。但因為他感覺有點兇，我只隨便說了句不知道。程先生沒事嗎？那麼多人找他。」

「我也不知道，希望能儘快聯絡上他。如果你有任何消息，可以告訴我一聲嗎？」

「可以啊。」

我道謝並留下電話號碼給她。我沒有給她我的名片，因為我不想她知道我是偵探，免得讓她覺得這事不單純。

我再逐一找了餘下的六戶人家，其中只有四戶有人在，但都沒有問到任何有用的消息。他們中有三戶都不知道程學哲姓什麼，其中一戶應門的是一名四十多歲的男人，我只說了兩三句，他的反應真是「有人問我塵世事，擺手搖頭說不知」，完美地實踐了韓愈的治家格言。知道程學哲姓什麼的那戶也就真的僅止於知道他姓程，其餘一概不知。世事有時候就是，在你第一次嘗試做某件事時就已經是運氣最好的一次，並且已得到最好的結果。之後你再嘗試數次，也沒有第一次的成績那麼好。

我下到大堂，管理員仍然坐在他自己的座位上，一動不動。他應該快六十歲了，頭髮稀疏，一對又細又烏黑的眼睛看起來猶如兩顆豆豉。穿短袖淺藍色襯衫的他氣定神閒，眉宇間滲透出一副看破紅塵的神態，如果你在他面前亮出一把手槍，他可能會別過頭，懶得去理你。

我走至他跟前說：「不好意思，請問六樓C室的程先生最近有回來嗎？我是他的朋友。」

管理員把頭緩緩抬起，豆豉般的眼睛看著我。

「六樓什麼室？」

「C室，程先生。」

他慢慢地打開一旁的資料簿，然後在其中一頁用食指尋索著。

他仔細地看著那一頁的其中一行字說：「對，六樓C室是程先生。」

「他最近有回來嗎？你有沒有見過他？」

他看著我靜止了一段時間，像一具化石。我也沒有動。我有種錯覺，我和他正在演電影中的一幕戲，旁邊不遠處有攝影機對著我們。莫測高深的導演沒有喊停，他期待著我們醞釀什麼驚人的火花，正在進行自成一家的表演。最後他終於開口。

「好像好久沒有見過他了。」他邊說邊搖頭。

雖然感覺他完全不會記得，但我還是問他：「你有沒有印象上一次見到他是什麼時候？」

他又靜止了，這次是看著大廈門口。我似乎能聽見時間流逝的聲音。

他眨眨眼，「應該有三個月左右沒見過他了。」

我很驚訝他記得，嘴巴差點合不起來。我以為希兒之前問的一定不是他而是另一位管理員，但其實可能就是他。

我道謝後走了兩步，轉念一想，走回去再問他有沒有見過馬尾這個人。他又靜止了半分鐘。

「近來好像見過他一兩次。在門口附近。」

簡直不可思議，「近來是指近一兩個月？」

「差不多。」

我再次向他道謝，他只是「唔」了一聲，然後又對我視而不見，彷彿我從未來過。你以為他對很多人也視而不見，其實他已經將他們寫在心上。只是很慢很慢地。

第十七章

這咖啡店好寧靜，咖啡的香味隨處飄散。我在角落的一張小圓桌前坐下。今早起床後便馬不停蹄四處走，腹部又時時隱隱作痛，我已經有點累。我喝著熱義大利泡沫咖啡休息一下。

落地玻璃窗外陽光明媚的同時下著絲絲細雨，很多行人都沒有撐傘。人行道旁樹木上的綠葉在微風中搖曳，閃亮的雨點從樹葉上飄落，這景色讓我昏昏欲睡。當我意識開始模糊、眼睛快要合起來時，電話響了。

「遠，查到一些馬尾的事了。」阿樂在電話另一邊說。

「你真的很有效率。」

「那還用說，嘿，」他笑了笑，「馬尾是一個姓岳的老大——人稱岳少的頭馬，出了名很能打。」

「金牌打手？」

「沒錯，他對自己的身手很有自信，曾參加拳賽。你不會惹上他吧，這傢伙不好惹。」

「已經交過手哩。」原來會參加拳賽，難怪他的體格那麼壯。

「沒事吧？要不要幫忙？」

「多謝，不過現在還好，問題不大。知不知道他平常在哪裡出沒？」

「尖沙咀，他經常待在一間叫Midnight的酒吧，那酒吧可能是他管的。」

「午夜的Midnight？」

「對，沒有玩什麼同音異字。」

「名字改得那麼浪漫。」

「他那個外形而且還會噴香水，他可能是黑幫界的文青。」

我笑了出來，「真正有『江湖地位』的文青。」

「我問的那人說尖沙咀的黑幫都聽過他的大名，所以說他不好惹。暫時就知道這些。」

「已經幫了我很多，謝謝。下次去你那兒找你喝東西。」

「不用謝，承惠五萬元。」

「韓元？」

「美金。」

「快住手，我沒有叫你去幹掉他。」

阿樂大笑了一會，「過來坐坐吧，等你做完事有空的時候。」

掛線後我在咖啡店繼續坐，想著馬尾的事情。要他這樣有一定地位的人物親自出馬，這不會是件普通的小事。我在想這事到底牽扯了多少人在內。

第十八章

我坐地鐵到觀塘，回自己的辦公室。辦公室附近的街道比平時寧靜得多，但一到明天大家都需要上班時，這裡的人會多到讓你覺得煩躁。

整幢大廈非常安靜，走廊上清晰地迴響著我的腳步聲。我打開門準備進去時，發現室內近門口的地上有一封白色的信封。我拾起來一看，信封上沒寫任何字，也沒有郵票。我打開它，裡面只有一張白紙，紙上只有五個用電腦打出來的黑色字——別再查下去。

我屏息靜氣，仔細環視整個室內。我的辦公室不大，物品不多，很快就可以確認沒有東西明顯被移動過或不見了。我打開燈再看一次和檢查一下門鎖，應該沒有人曾經進來，那人只是將信封從門下方的縫隙推進來。我轉身走出走廊，整條走廊一片寂靜，一個人影也沒有。我走回去，關上門。我將白紙反轉，後面沒有任何東西。我細看這張紙，它比一般辦公室用的白紙有些微不同。它厚一點，也比較有質感，明顯是較高級講究的白紙。而最特別之處是，它散發著香味。

我看著那五個字思考了一會兒，然後將紙入回信封放進抽屜裡。我打開一旁的櫃門，拿出我要的東西。我戴上有點長和鬈的假髮、黑色粗框眼鏡、黏上假鬍子和戴上卡其色格子報童帽，換上一件灰色格子西裝外套。

我現在這個樣子，在明亮的地方馬尾他們也認不出是我，在酒吧環境那麼昏暗的地方更加沒問題。你叫什麼名字？我叫Pierre。你做什麼職業的？我是設計師，專做平面、書籍設計。書籍設計？很有品味呢。只是工作而已，不過我很喜歡我的工作，我覺得將書設計成像藝術品一樣呈獻給讀者是非常有意義的一項使命。

但現在設計師要先去吃晚飯，因為今晚可能是很漫長的一夜。而且藝術家也需要吃飯。

第十九章

入夜後的尖沙咀車水馬龍，行人熙來攘往。店鋪和商場大廈的燈光五光十色，將夜色染得五彩繽紛。男男女女精心打扮，在街上或說或笑地走著。我也不遑多讓。我這個藝術家造型不會輸給尖沙咀的酒吧中任何一名精心打扮過的高大外國人。當然這只是我的個人感覺，藝術家畢竟要對自己有信心。

我走到金巴利道，在美麗華廣場旁的淺咖啡色樓梯走上去，來到諾士佛台。這裡酒吧林立，夜夜笙歌，一片紙醉金迷的氛圍。地面一連數間酒吧的座位由室內放到室外，全都坐滿了人，歌聲、音樂聲、談話聲、笑聲不絕於耳。美食與酒的氣味隨處飄溢。我剛才吃過晚飯，暫時不想嗅到濃烈的食物氣味，但很想喝上一兩杯酒。Midnight不在這些地面的酒吧之中，我走到一幢大廈前，看了一下它的店鋪指南。它在這大廈的三樓。又是三樓，我想起卓姍姍取大麻茶餅的那個單位。

升降機內非常擁擠，原本我以為已經再容納不了任何人，但有兩個二十歲上下的女子邊笑邊強行擠了進來。門口旁的男子非常樂意跟她們緊擠在一起，但我很驚訝竟然沒有超載，因為人數已超越上限，而且裡面擠得連針也插不入。如果那兩個不是妙齡女子而是男人或上年紀的女人，他們要擠進來根本想也不用想，門口旁的男子會像守城門的勇猛士兵一樣擋下他們。

上到三樓，我趕緊走出去，不然我的身體快要給壓爛了。Midnight跟一般酒吧一樣，環境昏暗，只有營造氣氛的微弱光線。內裡的人不少，我走過用橘色和藍色燈光點綴的長吧檯，這吧檯後的牆壁飾櫃頗為特別，像個大標靶，數十支酒瓶向著標靶的中心點歪歪斜斜地放著。酒保正繁忙地為客人調酒。我坐在角落不起眼的座位上，點了一杯威士忌。

這裡面積不小，店內的人多數是年青男女，但也有一些年紀較大的客人。撞球桌那邊有七八個二十來歲的男女情緒高漲地看著桌旁的兩人打撞球，偶爾會亢奮地叫囂。電子飛鏢機台那邊有數個男人聚精會神地比賽，神情認真得有點過火。有些人靜靜地喝酒談天，有些則比手劃腳高談闊論。我仔細環視整個地方，沒有發現馬尾和他那兩個手下的蹤影，暫時也看不出有沒有管理這酒吧的人在這裡。

兩個小時過去，我的收穫只有威士忌。這酒吧跟其他酒吧沒什麼分別。我打算若果再多待一兩個小時也沒有任何收穫的話，可能會跟酒保談談天，嘗試問出一些消息。想不到半小時後，終於有新動靜。我看見他們進來。

馬尾那兩個手下——一個留著黑色短髮，一個留著稍長的金髮——和另外三個人一起進來，坐在另一個角落。那角落的一張桌子早已預留了給他們。馬尾不在。他那兩個手下儼如大老闆般坐著指東畫西，另外那三人唯唯稱是，走來走去，替二人打點他們想做的事情。

我想坐近他們一點，嘗試聽他們在說什麼。我看見離他們不遠處有一張圓形高桌，只有一名女子坐在那裡，她旁邊有一張空椅子。我拿起我的威士忌走過去。

「可以請你喝一杯嗎？」

女子原本低著頭玩手機，她聽見後抬起頭看著我。她應該二十多歲，皮膚白皙，留著一頭咖啡色長曲髮。她的樣貌算不上漂亮，但差強人意。不過現在她是濃妝豔抹，可能已經是最漂亮的樣子，她的五官與氣質皆遠不及希兒。

「其實我正在等朋友。」她笑著說。她笑起來漂亮了不少。

「我坐到你朋友來為止吧。」

她笑而不答，我叫了服務生過來。她點了一杯我不懂的酒，應該是雞尾酒。

我看向馬尾那兩個手下，他們正在說說笑笑，打發時間。他們的音量不小，偶爾可以聽見他們談話的內容，但都只是些沒營養的說話和笑話。馬尾不在也有好處，這兩個小混混自鳴得意，完全沒有馬尾那種沉穩，興沖沖的時候他們不會太避諱什麼不應該說、什麼不應該做。

我對女子說：「我叫Pierre，你叫什麼名字？」

「我叫Tiffany。」

「在等男朋友？」

「不是，只是普通朋友。」

「普通的男朋友？」

她笑了，「是女性朋友。」

「經常來這裡嗎？」

「不是，來過幾次吧。你經常來？」

「我也不是，只是今晚想過來喝酒。」

馬尾的手下那邊黑色短髮的挨近留著稍長金髮的那人低聲說了幾句。金髮聽見後眉開眼笑，喝下大半杯酒。

「你住這附近？」Tiffany問。

「對，所以過來這裡很方便。你呢？」

「我住很遠，不過下班過來也挺方便。」

服務生將她點的酒放下。這是一杯上層是奶白色、下層是翠綠色的雞尾酒，很像女子會點的酒的類型。

「我很喜歡這酒。謝謝你啦。」

「很漂亮的酒。」

我們碰杯後東拉西扯了一段時間。期間談到我的職業時，我親自設計的書籍設計師當然要出馬，她聽見後大感興趣，問了我不少問題。她則是一名時裝店售貨員，在銅鑼灣上班。她明天休息，所以今晚和朋友出來喝酒談天。我們談得頗投契，而且她也確實幫了我的忙讓我能近距離觀察馬尾的手下，儘管她不知情。我覺得可以和她做朋友，於是我提議交換電話號碼，她爽快地答應了。這段時間馬尾手下那邊有人帶了四名年輕女子過去跟他們坐在一起，黑髮、金髮二人和另外三人跟女子們玩得興高采烈，頻頻碰杯。

再過一會兒，我看見黑髮那人站起來，往洗手間的方向走去。

「啊，我也去，剛才就已經急了。」金髮那人指著桌上的骰盅，「給你們一些時間休息，免得你們輸到不想玩，哈哈。」他大聲說完後便把手一揚，跟著黑髮男上洗手間。其他人有的在笑，有的在聳肩。

「不好意思，我要去洗手間。」我跟Tiffany說完後便站起來隔著一小段距離尾隨他們走過去。我在想他們是否真的去洗手間。

洗手間前的走廊陰暗狹窄，黑髮和金髮二人動作有點遲緩，明顯已有醉意。他們說了兩句話，但話音含混，我聽不清楚。進入洗手間後，他們站在兩個相鄰的小便斗前小便。我則使用離他們遠一個位置的小便斗。潺潺流水聲傳入我的耳中。

「嘿，今晚真的喝了不少，那麼多尿。」金髮笑著說。

我幾乎閉起呼吸，凝神聆聽他們的對話。

「難得老大不在，當然要喝個痛快。」

「如果他每晚也不在就爽了。」

黑髮啐了一聲，「發夢吧，偶爾有一次已經很難得。」

「也是，畢竟賀少那邊也已經七七八八。」

我聽到「賀少」這兩個字時心頭一震。我眼角餘光看到黑髮那人將頭轉過來打量一下我，我裝作有些醉意地打呵欠。

「你知道就好。想這些無謂事不如想今晚找哪一個玩。」
「只可以找一個？哈哈。」
「嘿，我不喜歡那麼多人。」
「哎唷，好專一喔。」
他們笑著離開洗手間。我待他們離開後，一邊洗手一邊思考。馬尾他們和賀家有關係。他們口中的「賀少」，應該是大少不是二少。二少賀俊謙平時多數都待在家裡畫畫，會和這些人扯上關係的機會較低。大少賀帆現在打理賀家的生意，有財有勢，他會跟黑社會連上關係的機會大得多了。不過不能現在就下定論，不可以抹殺大少和二少兩人都和他們有關或只有二少跟他們有關這兩個可能性，而且這些跟程學哲的失蹤有什麼關係，還要再深入了解。
我走回去，看見Tiffany的朋友已經來到。她跟Tiffany差不多年紀，皮膚黝黑，留著及肩黑髮。我看向馬尾那兩個手下，他們繼續和其他數人在狂歡。
「嗨。」我對Tiffany和她的朋友說。
「Pierre，她就是我的朋友。她叫Grace。」
我跟Grace打招呼後，跟Tiffany說：「那我差不多走了。」
「你也可以繼續坐呢。」她看著Grace，「對吧？」
Grace微笑著說：「當然啊。」
「下一次吧，因為我真的要走了。電話再聯絡，你們慢慢聊。」

我跟她們真誠地道別後步出酒吧。雖然我在這裡從外形到和Tiffany說起自己的身份、職業都是偽裝的，但覺得跟她可以做朋友是真心想法。如果下次再見，我會以真面目見她，並且解釋一下這次發生了什麼事。不過她可能比較想跟Pierre做朋友，那麼到時我會讓她失望了。

我在門口跟一些現在才剛來這裡的人擦肩而過。對某些人來說，現在才是一天的開始。我沒有等升降機，直接在它旁邊的樓梯走下去。想起剛才上來時升降機內那擠得水洩不通的情況，我猶有餘悸。

一走出大廈，頓覺空氣清新得多，就像從牢房裡走出來放風一樣。我不討厭酒吧，但有些酒吧太多人太嘈雜，我不喜歡。現在路面上那數間酒吧已沒那麼多人，剛才我來的時候非常喧囂熱鬧，現在安靜得多，但仍有不少人在喝酒。它們紫紅色的招牌燈在夜色中發出迷人光芒，酒綠燈紅的時光還沒完全遠去。

我站在一旁，想著該不該等到馬尾那兩個手下離場下來。過了一會，我便決定回家，因為腹部時不時疼痛讓我的疲累感大增，我想早點休息明天再繼續調查。而且剛才聽金髮和黑髮那二人的說話，他們今晚應該不會再有什麼特別動作，只會想盡興後帶女人回家。

我走下諾士佛台的樓梯。一走過這樓梯，猶如進入另一個世界。清冷夜風從街道盡頭吹來，路上人影疏落，道旁店鋪的燈光幾乎都熄滅了。細心聆聽，你會聽到城市呼吸的聲音。我走過馬路再往前走，在美麗華酒店門口上計程車。

回家後已接近一點，我立刻洗澡然後上床睡覺。在失去意識前，我只覺得這一天好漫長。

第二十章

我看到程學哲了。他在拚命奔跑。我在後面緊追著他。他拐進一條陰暗的小巷中，我咬緊牙關加快速度，終於在這條暗巷裡追上他。我從後用雙手捉住他，他的雙眼瞪得很大，似乎不像人類的眼睛。他驚恐萬分地看著我。

「卓姍姍……」他的聲音異常顫抖，口齒不清。除了「卓姍姍」三個字外，我聽不到他在說什麼。

「你說什麼？」

「卓姍姍……」

不知哪裡傳來啪啦啪啦的聲音，讓我聽不見他之後說的話。

「你到底想……」

一股刺耳的尖聲傳來，我驚醒了。原來是在發夢。那刺耳的聲音仍斷斷續續地響著，是外面馬路上的汽車喇叭聲。

窗外烏雲密布，大雨滂沱。剛才聽見的啪啦啪啦聲就是雨水拍打在玻璃窗上的聲音。昨夜雨停了，但今早又下得很厲害。我看看桌上的鐘，還有幾分鐘才到七點，鬧鐘還沒響我便被吵醒了。

我起床後拉起上衣，發現腹部的瘀青好了點。臉上的傷口也癒合了不少。我一邊刮鬍子一邊想剛才的夢到底是什麼意思。我可能要去找心理醫生談談，然後他只需要坐在中環頂級商業大廈辦公室裡的黑色真皮旋轉椅聽我說出這個奇異的夢和相關背景資訊後，他就會神情凝重地告訴我整個案件的真相也說不定。我在電影上看過不少類似的情節，如果真的有這種服務，我很想去光顧一下。

梳洗後我換好衣服，出門吃早餐。

餐廳內的人不少，很多人也希望以豐富的早餐來展開繁忙的一星期，為自己打氣。但打氣的作用不少人在今天下午便會於忙碌和煩惱中消耗完畢。我自己也很大機會是其中一人。

我找了空位子坐下，點餐後打開剛才在路上買的報紙看。裡面沒有卓姍姍被殺一案的新消息，我在網上查看，目前也沒有任何比昨天更新的報導。警方還在調查這案的細節。

我吃過早餐，喝了一杯咖啡後，便去坐地鐵回辦公室。通勤時間的地鐵車廂內人山人海，擠得像沙丁魚一樣。

雨勢仍然很大。狹窄的開源道上，不少趕著上班的男男女女要撐著傘子左閃右避，像要避開腳下無數個地雷。馬路上的車輛擠成一團，寸步難行，不少大型貨車的司機煩躁得不停按喇叭。他們似乎認為每響一下，堵在他們面前的車便會減少一輛。有人說生活不過是一場混亂，在這個彈丸之地，這句話天天都在很多地方上演。

辦公室外的走廊比昨天有生氣得多。有數個單位已經開了燈，有人正在上班。我用鑰匙打開辦公室門時，走廊傳來腳步聲。我轉頭一看，是一名年輕男子，以前沒見過他。他向我微微點頭，我遲疑地跟他打招呼，然後他進了我隔壁的辦公室，應該是隔壁公司的新職員。昨天開門後在地上發現那封信，我的警覺性自然地加強了，像受過驚嚇的貓一樣。

我打開門，今次地上沒有信，郵差終於去度假，放我一馬。我坐在椅子上喝水。我今天要查一下賀帆，如果沒有新客戶來找我或其他要緊的事，我晚一點便出去。

我傳訊息給希兒，問她我能否下午去她大哥的公司找他談談。希兒說會儘快回覆我。我的想法是如果可以我便直接找賀帆談，如果不行我便自己去調查他。我繼續坐在椅子上想著今天要做的事。

一小時後，門鈴響了。我正在把玩桌上的金魚紙鎮。這紙鎮栩栩如生，淡金色既華麗又低調，是一位客戶送給我的，我一直愛不釋手。我放下金魚繼續讓它在桌上暢泳，走去開門。

進來的是一名滿頭白髮、穿黑色西裝的男人，衣著光鮮，看起來完全不愁衣食。我們坐下後仔細地談了大半個小時。他懷疑他的女婿對他的女兒不忠，因為女婿行蹤古怪，經常在深夜裡外出。他想我查一下他的女婿每晚三更半夜都到哪兒去了。他的煩惱也是富有人家的典型煩惱——他不確定他的女婿是真的愛他女兒，還是愛他女兒父母的錢。這委託並不急，因為他的女婿兩週後才會從外地工作完回港。這個時間很好，這樣我既可以接下新工作，又不會影響到目前調查程學哲下落的進度。因為程學哲的案件讓我覺得愈來愈神祕，我很想知道當中到底發生了什麼事。

我和白髮男人談完後，我繼續想著程學哲的案件。

十一點半，當我又在把玩著金魚紙鎮時，希兒傳訊息給我說賀帆可以在五點見我，但見面的時間不能太久。地點是他在中環的辦公室。我詫異地看著手上的金魚紙鎮，它可能真的會帶給我好運。似乎我要經常把玩它了。

時間尚早，去見賀帆前，我決定先去另一個地方。

第二十一章

我離開辦公室。辦公室的玻璃門有我的電話號碼，如果有人想找我但吃了閉門羹，他也可以直接打電話或傳訊息給我。這當然不夠誠意，但也沒辦法，我的收入還沒充裕到讓我可以聘一個助手來幫忙。

我走到附近一間樓上咖啡店吃午飯。其實我不太餓，最主要是想喝一杯好咖啡，而且之後未必有時間吃飯，所以現在先吃了比較好。電影和小說中很多私家偵探帥氣地抽著菸想事情，但我討厭菸的味道，因此我不抽菸。不過對一些人來說，抽菸可能會幫助他們提神及放鬆，有助他們集中精神思考。我的妙方則是喝咖啡。不用工作的時候還好，如果要工作，沒有喝咖啡的話我會渾身不自在。

上班族的午飯時間還沒到，咖啡店內人客稀少，我點的義大利粉和熱咖啡很快便來了，我快速地吃完並起行。

我由觀塘乘地鐵到柴灣。我很久沒來過柴灣，儘管我最近經常去卓姍姍公司所在的柴灣角，但柴灣角在荃灣，離柴灣很遠。我仍然很想知道柴灣、柴灣角和荃灣之間到底有什麼關聯，但它們可能純粹只是在名字和發音上相似。不過這當然不是我山長水遠來到這裡的原因。我被馬尾他們打得不輕，不過還沒被打壞腦袋，我來柴灣是去程學哲小時候住過的孤兒院。

我從地鐵站走出來，斜雨飛絲，我一邊撐著傘子一邊看著手機上的地圖按圖索驥。據地圖顯示，我從這裡要走約十五分鐘才到孤兒院，但現在正下雨而且我完全不熟悉這裡，我估計要走二十分鐘才到達。

走了七八分鐘後，道上的行人明顯減少。地鐵站那附近頗熱鬧，住宅大廈、商場、餐廳和工業大廈等匯聚，應該是整個柴灣最熱鬧的地方。現在離地鐵站遠了一點，沒有較大型的商場和工業大廈，而住宅大廈的密度和人流也明顯下降，我開始感受到這地區較寧靜的一面。這時看著地圖才留意到我原來一直在向東走，這個方向如果我一直走下去便會到達小西灣，也就是香港島東部的盡頭。小西灣是住宅區，但它以前是英國情報中心和英國皇家空軍人員的居住地，擁有獨特的歷史，但我從沒去過。我沿著一條長長的街道走，沿途有小店鋪和茶餐廳，也看到一些中小學和較新型的公共屋邨。地鐵站那邊也有公共屋邨，但明顯比這邊的舊很多。公共屋邨的公園內有數位公公婆婆坐在有簷子的地方乘涼，他們悠然寫意、自得其樂，似乎已在這裡坐了數年，滾滾紅塵在他們眼中都變得雲淡風輕。

我轉過彎，前面的道路是輕微向上的斜坡。這條路的人更少了。左側有一間小學，外牆是白色與淡紫色，它靜靜地聳立，與它柔和的顏色相當協調。我繼續前行，雨水不斷在我身旁飄過，我可以聽見樹枝被風吹得吱嘎作響。

孤兒院的外牆顏色奪目，紅橙黃藍綠，很容易認出它。它像中學和小學，有兩米多高的圍牆圍著，圍牆的顏色由淡橙色和白色相間而成。我走到黑色的鐵閘門前，向管理員說明來意。

男管理員年約六十歲、頭髮稀疏，他聽完我的話後叫我等一下。數分鐘後，他叫我進入孤兒院並上一樓，在樓梯旁的沙發坐下並等一位姓連的姑娘來找我。我道謝後便進去上一樓。一樓樓梯旁有兩張黑色長沙發，我坐下靜靜地等候連姑娘。我像一個正在等待老師出來責罰自己的小學生。

不一會兒，連姑娘來了。她留著黑色短髮，架著一副無框眼鏡，面容慈祥、笑容可掬，像慈眉善目的修女。她應該年約六十歲，手裡拿著一個陳舊的黑色檔案夾。

「許先生你好，我是連姑娘。」

「你好。」

我們禮貌地握手後，她說：「聽說你想問一些關於程學哲的事？」

「對，我是私家偵探，」我把我的名片遞給她，「受程學哲工作了二十多年的僱主所託，想找出他的下落。他之前突然辭職然後消失了。」

「消失了？」她困惑地問。

「沒錯，我們不知道他現在人在哪裡。我知道他在你們這裡長大，所以想過來看看有沒有線索。」

「你們有報警嗎？」

「沒有，因為他真的留下了一封簡短的辭職信才離職。但他在那裡工作了二十多年，那封辭職信只有寥寥數筆，他毫無先兆地辭職然後就立刻離開了，自此音訊全無。而且他的工作是管家，即是說他二十多年也在同一個家庭裡生活和工作，他和那家庭的成員都已建立了深厚的感情，包括他的僱主。所以他們擔心他的情況。」

她聽完後雙眉緊皺，表情茫然。「那真的很奇怪。」

「沒錯，所以他們想我幫忙找出他的下落或他是否發生了什麼要緊的事，看看有沒有需要幫忙。他以前住在這裡的時候你見過他嗎？」

「有，我當時已經在這裡工作。」她頓了頓，懊惱地思考著。「但實不相瞞，我未必能夠記得很多他很久以前的事。」

「明白的，畢竟已過了至少三十年。」遠處傳來小朋友大聲說話的聲音，「他離開這裡以後你有再見過他嗎？」

她鎖著眉思考，探尋著模糊飄渺的記憶。

「應該見過幾次，但都是在他離開這裡後的數年內，所以也已經是很久之前了。始終是男生，沒有女生那麼常常記掛家裡，就像我的兒子那樣。」她露出溫暖的笑意，「不少很多年以前在這裡成長的女生，她們現在還會隔一段時間便回來探望我們。男生在比例上會這樣做的就比較少了，不過這不代表他們不愛家，只是表達的方式不同。不少男生在長大後都比較少回來，但當孤兒院需要幫助的時候，他們都會踴躍幫忙，不論是經濟上還是身體力行上。所以這也不能怪程學哲，就是男女的性格不同啦。」

我只是微笑，沒有說什麼。我很同意她的說法，男人不太喜歡經常表達自己的情感，但這不代表他們漠不關心。他們有時候就是默默地付出與支持。

連姑娘打開她手上的黑色檔案夾，「這裡有一些他的資料，我看看會不會對你有幫助。」

「勞煩了。」

「不過我也應該很久沒看過這些資料了，畢竟這麼多年有非常多的孩子在我們這裡住過，」她拿起一些照片，用手拉下無框眼鏡後定睛看著，「看這些舊照片就覺得時間過得飛快。」

「有時我回憶往事，也覺得十年的時間好像晃眼就過去。」這是我的真心話，不是為了附和她而說。

她微笑著說：「許先生你還很年輕啦，前面還有很多日子，不用那麼感慨。」她突然揚起眉毛，「啊，我記起了，年紀大記性真的退步了。」

她將一張陳舊的彩色照片遞給我看。這照片顏色黯淡，明顯比現在色彩鮮豔分明的照片遜色得多。照片中一個約十歲的男孩長得眉清目秀，專注地在一本簿子上寫字，旁邊放著兩三本書。

「程學哲他以前念書很用功，而且人又聰明，所以小時候成績一直很不錯。他喜歡看書，不過為人比較內向寡言，有時可以一整天自己一個人看書也不和其他人玩耍。」連姑娘親切地說，笑容中透出溫暖。

我看著照片中的書本，想起賀宅程學哲的房間中那些書籍。希兒也說他很用功，怕會失禮賀家而常常閱讀提升自己。我想他在紅磡的家中也放著不少書。

「他在這裡成長時朋友多嗎？」我問。

她想了一會，「應該不算多，因為他真的比較獨立，不會經常都渴望跟其他人玩耍。當然他也會去玩，但他明顯不是那些外向健談的孩子。當他上了中學以後，這種性格便愈明顯。」

她繼續翻看著照片和照片背後的手寫字，「對了，印象中他也很喜歡藝術，像是繪畫、音樂等。他中學時曾經參加過歌詠團呢。這是他們表演時的照片，最上面一行最左邊的就是他。」

我接來另一張舊照片，照片中有十多個穿校服的中學生分上下四行站著唱歌。我看向最上一行最左邊的男生，程學哲比剛才照片中做功課的他長大了很多，但樣貌不算有很大的改變。即使跟希兒給我程學哲近來的照片相比，除了歲月的痕跡，他的樣貌也不是差很遠。

連姑娘一邊翻看著照片一邊會心微笑，就像一位母親看著自己早已長大成人的兒子的舊照片。她再遞給我十多張她覺得有意思或有趣的照片，大多數都是在程學哲中學時期拍的。這些照片中他在打籃球、在生日派對上切蛋糕、在做話劇、在海灘裡玩遊戲。單看這些照片會以為程學哲為人很好動外向，但其實這很正常，因為以前拍照不像現在可以用手機拍，一定要用相機。當時那個年代的人還未使用數碼相機，因此更加不會像現時一樣隨時隨地都會拍照，多數人只會在特別的節日或日子才會用相機拍照，所以這些照片中的程學哲都是在比較特別的情境裡。

「他在這些照片中都很健康愉快。」我對連姑娘說。

「其實他雖然不是那些非常陽光活潑的男孩，但他的性格也積極正面。不過後來……」她暫停了一會，若有所思，「啊，我記得愈來愈多了。」

「他後來怎麼了？」

「他後來變得沒那麼乖了，尤其在中四、中五之後。聽說那時他開始談戀愛，變得無心向學，整個人除了戀愛之外什麼都不顧了。」她無奈地嘆了口氣，「不過不少孤兒從小到大都非常渴望被愛，所以當他們談戀愛時真的會完全沉浸其中，其他什麼也不顧了。」

聽起來雖然很無奈，但細心一想又似乎合理。

她繼續說：「他的成績後來自然而然地一落千丈，脾氣也愈來愈暴躁。當時聽說他的女朋友也不是好女孩，是她帶壞程學哲的。他中五會考成績考得不好，未能升上中六，之後他決定不再念書去工作。」她用食指指著檔案夾中一張印滿字的紙其中一處細閱，「對，之後不久他便離開了這裡。其後聽其他院友說他的生活愈來愈混亂，女朋友也換了好幾個，更染上毒癮。當時我們都很驚訝，一個以前那麼乖巧的孩子竟然變成這樣。」

染上毒癮……那麼他會否一直到現在也有吸毒？跟毒品牽連甚深、還會親自運送大麻茶餅的卓姍姍是他以前的女朋友，而他們一直也有聯絡，甚至數個月前才見過面。她前晚被還沒逮到的兇手殺了，她收藏毒品的倉庫被人搜刮。賀老先生的妻子死於毒品，因此賀老先生痛恨毒品，而程學哲是他的管家。毒品肯定是程學哲失蹤和這一連串事件的關鍵。

我問連姑娘：「你說他離開這裡後見過他數次，那時的他是怎樣的？」

她仰起頭回憶，「應該是一些週年活動的時候，」她翻了翻檔案夾裡的資料，「有了，這裡有一些照片。那時已經隔了數年，有不少人說他已經戒毒，生活重回正軌。我見到他的時候也跟他談過這件事，他也說已經戒除了毒癮，並且找到一份好工作。不過也有人說其實他還在吸毒，只是控制得好、吸食量減少了，所以旁人較難察覺。唉，就像很多事情一樣，各式各樣的意見與說法也有，讓人難分真假。其實當時我們這裡也有不少職員知道他變壞和吸毒後都很忌諱他，因此也傳出了不少關於他的流言蜚語。我相信這也是讓他之後愈來愈少回來，甚至不想回來的主要原因。不過雖然他不再回來，但他每隔一段時間便會捐款給我們，有時聖誕節、新年期間也會寄一些卡片給我交代一下近況，不過近年除了收到他的捐款外，很少有他的消息了。」

「你當年相信他生活已重回正軌，沒有再吸毒？」我一邊看著那些照片一邊問。照片中的程學哲比中四、中五時的他明顯成熟了不少，眉宇間有一種飽經歷練的氣息，但很有精神。

「我相信。他本性善良，只是那數年走錯了。而且其實他是挺聰明的，他有心改過的話，一定能做到。」她咯咯地笑了，「而且人們不是經常說會學壞的人通常都比較機靈嗎？我是很同意的。」

「我也同意。你知道他做了很多年管家嗎？」

「不知道，但可能他很久以前跟我說過而我已經忘記了。」她笑著托起眼鏡，「始終年紀大了，很多事情都記不到。不過這樣看著照片和資料，又會突然記起不少往事。」

她看看手錶，「不好意思，我也差不多要回去工作了。似乎不能幫上你的忙。」

「別這樣說，你給了我很多有用的資訊，真的打擾了。最後我想問你有沒有想法程學哲現在可能會在哪裡？」

她盯著地板沉思了一會，「真的沒什麼想法，他會不會有什麼非做不可的事情所以要自己獨個兒處理呢？不過也沒理由會聯絡不上他。希望他沒有發生什麼意外……」

「如果我找到他，我會告訴你的。」

「謝謝你，你還有什麼想知道的話也可以找我，如果我能幫上忙一定會幫呢。」

「謝謝。」

我跟親切和藹的連姑娘道別後，沿樓梯走下去。

濕淋淋的雨仍然下著，陽光完全被烏雲遮蔽。我撐起傘，離開五彩繽紛的孤兒院，沿原路走回去。路上人影稀疏，耳邊只有風聲和雨聲，和偶爾汽車駛過的聲音。我又回到那公共屋邨的公園附近，看見那數位公公婆婆仍然在悠然乘涼。壞天氣一點也沒有影響他們的心情。

我繼續走著，城市喧鬧的聲音逐漸向我逼近。我回想起剛才和連姑娘對話的情景，這時看到其中一位在乘涼的老婆婆手中正拿著眼鏡布仔細擦拭她的眼鏡，我靈光一閃，想起一件事。

第二十二章

下班的時間還沒到，中環站的人流比起高峰時期還差很遠。我走出地鐵站，走到皇后大道中。賀家的公司——賀氏企業在皇后大道中和畢打街交界附近，這是他們的總部，因為他們在海外也有不少辦公室。我見還有一點時間，決定先在道旁的咖啡店坐一會。

店內有很多客人。中環的咖啡店本來就任何時候都不缺顧客，而且現在正下雨，店內的客人自然更多了。我排隊買了一杯熱咖啡後在落地玻璃窗前的座位坐下。雨中的中環少了紙醉金迷的感覺，彷彿細雨的洗刷讓原本鮮豔奪目的它褪色，換上沉靜樸實的外衣。我突然想起昨晚在酒吧的人和事，變裝、馬尾的手下、Tiffany，那似乎是很久以前的一夜。

我曾經想不透過希兒自己直接去找賀帆，但這樣他可能會怪責希兒，我不想令她為難。而且我也想知道這樣明刀明槍去找他，他會怎樣應對我。如果他心虛，自然會有動作。

四點四十五分，我把餘下的熱咖啡喝完，走出咖啡店。斜風細雨，我撐著傘朝賀家的公司走去。

這幢商業大廈最少有四十層高，大堂寬闊，淡黃色的燈光讓大堂呈現一種古雅的氛圍。大堂一旁放著一件墨綠色的雕塑作品，是一個穿著襯衫與長褲的男人在走著，右手提著公事包，胸口穿了一個像頭部大小的大洞。看上去它在表達沒有靈魂或內心空虛孤單的繁忙上班族，但我不肯定藝術家的原意是否這個意思。不過將這雕塑放在這幢位於核心商業區的商業大廈大堂，這一點確實有意思得很。而更有意思的是，藝術家想表達工作就是要將心掏出來去做，這樣我就完全捉錯用神了。

賀氏企業在三十六至三十八樓，一共佔了三層，而賀帆的辦公室在三十八樓。我乘升降機上去，升降機的速度比我眨眼的速度還快。我走到長長的白色接待櫃前，正襟危坐的年輕女職員抬頭看我，一臉天真無邪。

「你好，我姓許，約了賀帆先生五點鐘見面。」

「請等等。」她打開旁邊的一本簿，仔細看了一會。她年輕貌美，白皙的臉很細小，黑色長曲髮充滿光澤。我肯定來訪的男人都想跟她談久一點而不是想立刻進去見他們要找的人。

「賀先生他還在開會，請在那邊坐一會。」

她用手指向我的斜後方。我轉頭順著她指的方向看，有一組鮮紅色的沙發放在角落，轉角處有一張圓形玻璃茶几。

「他的會議還有多久才結束？」其實我不一定要知道，只是想和她多談一會。不過當然我也不想等那麼久。

「應該快了，我想十五分鐘內吧。」

「好的。」

我走過去在沙發坐下。這場面好熟悉，數小時前才在孤兒院出現過。剛才我像等待老師的學生，現在則像等待面試的求職者。不過我的裝束真有幾分像求職者——襯衫和黑色西褲，只是我沒有打領帶。我想起地下大堂那個雕塑。或許我應該應徵賀家的公司，跟眼前這位美女做同事。

十分鐘後，她跟我說賀帆已經開完會，帶我進去見他。我跟著她走進去。她身上的玫瑰味香水隨著身體擺動散發在空氣中，然後飄進我的鼻腔。這香水味濃了一點，跟她的年齡和外表不太搭配，似乎她挑香水的品味不高。

辦公室的面積很大，有數十人坐在電腦前靜靜地工作，也有數人正在辦公室裡拿著紙張或文件走動。這裡整潔明亮，每個員工的座位空間充足，工作環境很不俗。我們走到一道房門前。

她敲了兩下門，房內傳來一聲「進來」，聲線有點沙啞、語調平板，不帶任何感情。

她打開門，我們一起進去。

賀帆的房間約二百五十呎，一進來最吸引我注意力的是數扇大落地玻璃窗。透過玻璃窗眺望出去，一大片深藍色的維多利亞港盡收眼底。這幾扇大窗採光極好，雖然現在外面天色陰暗，但完全能想像到在陽光充沛時，房內亮白的燈光加上陽光會讓人感到充滿生氣。但與窗外景色和能灑進室內的陽光的自然感相比，房內擺設則顯得浮誇。深咖啡色木質辦公桌上放了電腦、文件和數件金色銀色的擺設，當中包括一隻金色的躍馬和一條銀色的飛龍。那隻金色躍馬很難不讓人想起法拉利的標誌。一道牆的前面放著一個大書櫃，內裡有書本和一大堆擺設，那些擺設有金、銀、銅色和水晶造的。另一道牆掛著一幅抽象畫，畫中是一大堆用很多不同顏色似乎在亂畫的粗幼線條，它們縱橫交錯，不知道有什麼意思，但毫無美感，我完全不懂得欣賞。如果有人跟我說畫中正表現一個快要被人吃掉的番茄的內心世界，我完全不會驚訝。

賀帆坐在黑色皮椅上，聚精會神地看著電腦螢幕。他梳著一個油頭，頭髮烏黑亮麗，像昨天才染黑的。他的皮膚黝黑，面容瘦削，雙頰有些凹陷，但有一對濃眉大眼。眼睛雖然大，但並非炯炯有神，從眼神和眼窩中可看出他的疲憊憔悴。他身穿深藍色襯衫、紅領帶和灰色西裝，從剪裁和質料上可看得出全都是貴價貨。

「賀先生，這位是許先生。」女職員眼神曖昧地看著賀帆說，笑容甜美非常。她身上的玫瑰味香水不斷湧進我的鼻裡。

賀帆看著她微微一笑，柔聲說：「你先出去吧。」

她甜滋滋地點頭，像個小學生受老師稱讚後心滿意足地走出教員室並關上門。她身上跟她年齡不搭配的成熟型香水可能就是為了賀帆而塗的，說不定賀帆跟他公司中不少女職員也搭上了。我決定打消在這裡工作的念頭。

「請坐，許先生。要不要喝點什麼？」

「不用了，多謝。」

我在他對面坐下。

「希兒的事麻煩你了。我這個妹妹比較任性，希望她沒有為你添上很多麻煩。」他把右手一揚，動作像黑手黨的教父。

「賀小姐完全沒有為我添麻煩。她是一個很好的客戶。」

他把頭微微一側，揚起眉頭，「那就太好了。她有時候比較孩子氣，但她的內心很善良。你今天來找我是想知道什麼？我大概可以和你談十五分鐘左右，因為我手上還有不少工作要處理。」

「沒問題，我想知道你對程學哲先生失蹤一事的看法。」

「嗯……」他看著窗外的維多利亞港，「哲哥突然辭職，我們一家也很愕然，始終他已在我們家工作了二十多年。但我們也應該尊重他的決定，他自然有他的原因。」

「你覺得他有什麼原因要走得那麼快？他留下辭職信後就立即離開了。」

他迎上我的目光說：「我也不清楚，他有他的私人理由吧，其實我不太熟悉他的私生活。這方面應該希兒比我清楚多了。」

「但程先生至今一直下落不明，你不會覺得奇怪？沒人知道他離開你們家後去了哪裡，直到現在。」

他意味深長地盯著我，像盯著一個做錯事的下屬。

「許先生，你懷疑我們家的人和哲哥失蹤一事有關？」

「我剛才說的只是事實。他的確離開你們家後便不知所終。」

他微笑著說：「他是成年人，做事不用全都向我們交代。我之前也跟我爸爸和希兒他們說過類似的話，他們也同意，因此爸爸也沒有找人來查哲哥的下落。我不知道希兒為什麼突然找你來調查此事，我們事先並不知情。可能因為她和哲哥感情太好吧。始終是小孩子。」

「如果你事先知道，就會阻止希兒找私家偵探來調查這事？」

「哈，可能吧。我們應該尊重哲哥的決定。他沒有義務要在我們家工作一輩子。」他露出嘲諷的笑容。「正如我的員工辭職離開，我也不會找私家偵探來調查他們之後的下落。」

「但你的員工辭職後不會人間蒸發。」

他見被我在這句話上佔了上風，眼中閃過一絲怒意，但他不讓這怒意蔓延、停留。他對我抱有很高的警戒心。

「那你有什麼高見？」

「我認為他不在香港。」

他疑惑地看著我，等我說下去。

「如果我們用盡方法也找不到他的下落，那他不在香港的可能性很大。」

他的眼神沒那麼銳利了，「那麼哲哥去了哪裡？」

「我不確定。有人說可能去了台灣，也有人說可能去了美國。你怎麼看？」

「我真的沒有意見，很遺憾。我不知道這兩個地方對他有什麼意義、有多大的吸引力。」

我們沉默了一會兒。一隻麻鷹在窗外自由自在地飛過。

我突然問他：「你認不認識岳少和馬尾這兩個人？」

他的雙眼輕微抽動了一下。雖然輕微，但我確實捕捉到了。我問這問題時凝神留意著他的表情。

「什麼馬尾？這些是外號？」

「馬尾的確是外號。」我形容了一下馬尾的外形給他聽，然後只說岳少是姓岳的男人，沒有再多說。

「不認識。他們是什麼人？」

「我也不清楚。但他們可能和程先生的事有關。」

「怎樣有關？」

「還在調查中。」

「那麼你怎樣知道這兩個人？」

「付出了不少代價。幸好這兩人也讓我有不少收穫。」

他木然地看著我一會兒。我不發一語。

「好吧。我要工作了，今天沒有時間再繼續談。」他雙手一攤，示意我是時候離開。

我站起來，說聲再見，離開他那冰冷俗氣的辦公室。顯然地，他會見我並不是想提供任何資料或線索給我，而是想了解一下我到目前為止知道多少事情。

我穿過偌大的辦公空間，數十名員工正在埋頭苦幹，手指敲打鍵盤的聲音不絕於耳。他們有他們的繁忙，他們的老闆有另一種繁忙。

我走至白色接待檯旁時，玫瑰味香水又在我鼻腔內縈繞。那名年輕美女職員抬頭看我，我沒有理她，徑直離開那裡。

第二十三章

雨暫時停了，但地面到處都是雨水。我走了一會兒，正想找希兒時，她打電話給我。

「喂，賀小姐？」

「喂，許先生，我見到哲哥！」

「什麼？」這消息太震撼，我驚訝得差點說不出話。

「但他一見到我便跑走了，」她的聲音又激動又無奈，「我追他不上……」

「你現在在哪裡？」

「我在哲哥的家附近。」

「你在他家樓下等我一下，我馬上來。」

我看見有輛沒乘客的計程車正迎面駛來，我立刻截停它。我像馬一樣飛快地跳上車，叫司機駛到紅磡程學哲住的大廈的那條街。我的心臟在急速跳動。

車還沒停下，我便看到身穿淡黃色衫的希兒站在程學哲家樓下的大門前，我一下車便三步併作兩步走過去。

「是怎麼回事？你真的見到程先生？」

她迫不及待地說：「剛才我走至這條街時，看見馬路對面那幢大廈的門口有個人正盯著哲哥住的大廈大門看。我定睛一看那人，發現他竟然是哲哥，他一見到我便轉身急步離開。我馬上跑過馬路去追他，但他走得好快，早已不見蹤影。哲哥為什麼一看見我便要走呢？」

我一邊看著馬路對面一邊問：「他整個人有沒有什麼特別之處？他當時身穿什麼衣服？」

她冷靜下來想了一會，「他當時穿著普通的白色T恤、白色運動風衣和牛仔褲，完全就是哲哥平日的打扮。不過他當時戴著黑色鴨舌帽，我想他是不想讓人認出，所以要戴帽。」

「戴帽？他平時喜歡戴帽嗎？」

「我沒怎麼見過他戴帽，所以這是比較特別的地方，他應該是很不想有人認出他才會戴的。哲哥為什麼要避開我？他到底發生了什麼事？」

我沒有回答她，細想了一會後問：「他當時戴著鴨舌帽，你能清楚看到他的樣子嗎？」

「其實不算很清楚，因為相隔了一點距離，而且他又戴著帽……不過他一定是哲哥，他的外貌、身形、衣著等我一眼便認出了。而且他也一眼便認出我，所以立刻躲開。」

「好的。」我再仔細看看馬路對面的街道。街上有不少店鋪和行人，其實由我們這裡走過去只有十多步的距離，不過中間隔著馬路，不是隨時都可以直接走過去。希兒剛才見到程學哲站的位置是在一幢舊式私人住宅大廈的大門旁。

我想起程學哲住的大廈的神奇管理員，和希兒一起走到那大廈的鐵閘大門前。我在門前透過鐵閘門上的空隙看向裡面，神奇管理員兩顆豆豉般的眼睛正看著我。他的表情和姿勢跟昨天一模一樣，我有種錯覺——我回到了昨天。

碰巧這時候沒有住戶進出，沒人替我們開門，我直接在閘門旁的那一排按鈕中按下「管理員」的按鈕。神奇管理員的桌下傳出單調乏味的聲響，像一隻快要渴死的青蛙在大叫。管理員二話不說便按下桌上的黑色鈕打開大門，我開門和希兒走到他面前。

「你好，又要麻煩你了。」

他的眼睛緩緩掃向我的臉，然後掃向希兒的臉，整個過程機械化得像一台條碼掃描器，然後繼續看著大門口，不發一語。世人在他眼中可能只是形形色色的條碼。

我問他：「請問六樓C室的程先生今天或昨晚有回來嗎？」

他沒有反應，五秒後他才抬起頭看著我。在他的世界，音速比烏龜爬行的速度真的快不了多少。

「沒有。」他夢囈般回答。

我朝鐵閘大門看。即使大門關著，管理員坐的位置能透過鐵閘上的空隙看到外面，甚至是馬路對面的一些位置，不過當然不太清楚。但如果門被打開，他可以清楚看到對面街道的情況。這大廈住了不少人，每天有很多人出入，正如我之前來的時候都不用等很久便趁著有人開門進出而可以進入大廈。但如果程學哲站在對面街，門打開的時候管理員也未必會注意到。

「那麼有看到程先生在這門口附近出現嗎？又或是對面街道上那大廈大門附近的位置？」我一邊說一邊指著這大廈的大門和對面街道那大廈的大門，試著讓我的問題更具體清晰。

他又停頓了一會，不過我已經習慣了。

他緩緩地開口：「看不到。」

聽到這回應後，希兒臉上滿是失望的神色。

「好的謝謝。」

我決定和希兒上程學哲的家門口看看。我們走到升降機門前，等升降機下來。為了不讓希兒都將注意力放在失望和負面情緒上，我決定找些話題和她聊聊。

「你今天專程過來這邊嗎？」

她原本有點恍神，聽到我的說話後才清醒一點。

「啊，不是，我今天比較早下課，剛才和朋友在黃埔那邊吃下午茶，吃完和他們分別後我便順道走十多分鐘過來這附近，因為我也有一段時間沒來了。今早和爸爸吃早餐時談起我會順便去哲哥家附近看看，我還笑說可能有新發現，想不到竟然會碰見哲哥。」

「有時就是這麼巧。你在念大學嗎？」

「對呢，我正在念碩士。」

「哪一所大學？」

「中文大學。」

「什麼科？」

「文學，哈哈。想像不到吧。」

「你這麼斯文，不會想像不到啊。是外國文學嗎？」
「對，你怎麼知道不是中國文學？」
「只是覺得外國文學比較適合你呢。那你要不要到外國交流之類的？」
「啊，真的有。暑假時我才去了英國一個半月，參加交流團之餘順便旅遊，上個月開學前才回來。」
「聽起來真有趣，好懷念念大學的日子。」我一邊回答一邊想事情。
我們走到程學哲的家門前，希兒在聊了一頓後心情似乎好一點。程學哲家的門口完全沒異樣，我按下門鈴。
「循例而已，我昨天也來過。」我對希兒說。她笑了笑，我們也知道不會有人來開門，除非出現奇蹟。
奇蹟沒有發生，一會兒後我們便下樓。
走出大廈，我們又回到Baker Street。我看著街上人來人往的行人，除了我和希兒，其他人都像在過著規律尋常的生活，只有我們二人是異類，在深不見底的泥淖中掙扎。
我提議在附近找一間餐廳坐下休息一會，希兒也同意。不過印象中這附近只有快餐店和茶餐廳，希兒是千金小姐，我怕她會不習慣待在這些地方。
我說：「不如往黃埔那邊走，好像有多些選擇。」
「不如就在這附近的餐廳？因為從這裡過去黃埔那邊也要走十多分鐘，」她四下看了一會，

「就那一間吧，看上去好像不錯。」

我順著她指的方向看，是一間近年很流行、走懷舊冰室風格的茶餐廳。門口和招牌看上去頗為新淨，應該不久前才開張或完成翻新。我想不到她毫不介意去這類茶餐廳。

我們進去坐下，點了冰咖啡和冰檸檬茶。我們點的飲品和那天在喜來登酒店第一次見面時一模一樣，不過環境和我對這案件理解的程度完全不能同日而語。

「想不到你也會想來這類茶餐廳，我以為你只會去比較高級的西餐廳呢。」我已經說得稍為婉轉，不是直接說「高級」而是「比較高級」。

她聽見後有點驚訝，「我和朋友在一起時，只要想去，什麼餐廳也會去呢。其實我不是那些嬌生慣養的千金小姐，我也只是普通人，哈哈。」

「以我所知很多千金小姐都真是嬌生慣養，不過可能我見識太少了。」

「其實你這樣想沒有錯，我也真的認識不少這樣的人。」

賀家是大富大貴之家，自然結識了不少名門望族，所以她這樣說很有說服力。不過希兒確實與一般的富家千金不同。她雖然氣質溫婉、漂亮動人，但個性中卻有堅毅樸實之處。

服務生走過來快速地將我們的飲品放下。

「許先生，剛才打電話給你你便馬上趕過來，真的麻煩你了。因為突然見到哲哥，當時沒有想那麼多便立即告訴你。」

「別這樣說，我也很想快點查出程先生的下落。而且剛才我已經和你大哥見完面，我也打算找你談談。對了，之前有跟你大哥說你找了我來查程學哲的事嗎？」

「之前嗎……沒有。這幾天很少見到他，他好像都很晚才回家，有時他甚至都在外過夜。」

「他應該挺多時候不在家過夜？」

「其實也是，哈哈。不過他平均每兩星期總有幾天在家過夜的。」

「那麼今早你跟他說我想約他見面時，他才知道我在調查這事？」

「沒錯。對了，你們剛才談得怎樣？還好嗎？」

「還好，不過沒有談很久。你大哥非常繁忙。」尤其是對著我的時候。最後這句我自己在心裡說。

「對，因為公司的生意現在都是他在打理。爸爸年紀大，數年前已開始慢慢淡出公司的管理工作。」

「你爸爸現在已完全不管公司的事？」

「也不算完全不管，大哥在做出對公司有重大影響的決定時，也需要跟爸爸商討。不過公司的日常運作或普通決策等事項，大哥都可以自行決定。」

「那麼你會回你爸爸的公司幫忙嗎？」

她淡淡一笑，「其實我對商界不感興趣，所以最好不要啦。不過爸爸他很希望我碩士畢業後能夠回公司幫忙，因為姊姊完全不理會公司的事，二哥也只是很偶爾才會去幫忙，基本上都只有大哥在打理。所以大哥非常繁忙，可能也正因如此他到現在還未結婚。他的事業心一直很強。」

「你大哥現在有女朋友嗎？」

「近一兩年都沒聽他說過。不過他以前的女朋友我倒是見過。」

「應該有不少？」

她有點愕然，「你怎麼知道的？」

「不少遲婚的人也曾經談過很多次戀愛。」這只是其中一個原因。主因是他那麼富有，身邊總不缺女人接近他，而且他應該很享受這種感覺。可能他現在也有半打女朋友，比這茶餐廳門口旁焗爐裡的蛋撻還多。

她苦笑著說：「對……其實我也見過他七八位前任女朋友，至於沒見過的我也不知道有多少。」

「那個數字可能會嚇你一跳。你爸爸沒有催他早點結婚？」

「有，不過他都三十多歲了，他不想結婚也勉強不了他。」

「他應該像你姊姊那樣早點成家立室呢。你姊姊知道我在查程學哲的事嗎？」

「她不知道，我差不多兩星期沒見過她了。她跟我和二哥很少聯絡，就是來家裡探望爸爸時我們才會談話。她可能跟大哥有多一些聯繫，但應該也不算很多。」

我們暫停了一會，喝著桌上的咖啡和檸檬茶。

「對不起，其實我有一些事情瞞著你。」

她的表情突然既歉疚又認真，我差點來不及反應。

「是什麼事？」

她垂低雙眼，看著她面前的半杯褐色檸檬茶。一會兒後，她緊抿嘴唇，下定決心說：「是關於哲哥的。」

我屏息靜氣，等她繼續說下去。

「因為剛才我見哲哥那麼急著避開我，而你說他的前女友又應該因為毒品被殺害，我怕這些事真的有關係。」

我壓低聲線：「你是說毒品？還是謀殺。」

她小聲地說：「毒品。」

「程先生和毒品有關係？」

「對。」

她啜飲著冰檸檬茶，似乎這能幫助她冷靜一點，好講解接下來的事。

「那是十多年前的事了。當時我還是一個小女孩，我想十歲左右。那時哲哥因為在馬路上遇上意外，被車撞倒受了重傷。那次他傷得很重，昏迷了幾天，情況危殆，我們都非常擔心，包括當時還在世的媽媽。有一次，媽媽和我二人去醫院探望他，媽媽因為有事要走開談電話，病房內只剩下我跟昏迷中的哲哥。哲哥他躺在病床上，臉容憔悴，非常虛弱。突然他的身體微微顫動，雙目半睜，我嚇了一跳，只坐在一旁一動不動看著他。他突然緩緩轉過頭來，對著我眨眼，嘴裡發出一些聲音。我依稀聽到他在叫我，於是我走過去貼近他的頭部。」

她暫停了一會，看著桌上的檸檬茶。她的眼睛有點失焦，在她眼中，面前可能是十多年前的那個病房。

「哲哥在沉吟低語，我當時用了一些時間很專心聽才漸漸聽得清楚他的說話。他說他應該過不了這一關，快要死了。他一直很感激我們一家人待他那麼好，尤其是我爸爸，給他機會在我們家工作了這麼久。如果他死了，希望我能跟我爸媽傳遞他的感激之情。接著他開始談及他的過去。他說他從小就是孤兒，在孤兒院長大。其實我們也知道哲哥是孤兒和一些他在孤兒院的往事，這一直不是祕密，不過可能他當時沒有想那麼多，只想將心底的話說出來，所以又再提及。不過我當時也沒有打斷他，讓他自己一直說下去。他說他小時候學業成績很不錯，在學校還獲過不少獎，直至中四、中五時，開始沉迷談戀愛，成績自此一落千丈，中五的會考自然考得不好。他覺得既然考不上中六，又不想重考一次會考，便索性去工作算了。但他只有中五畢業，可以讓他選擇的工作自然不多，快遞員、普通文員、售貨員等他都做過，但都做得不久。他漸漸發現社會的殘酷，職場上很多人扒高踩低、爾虞我詐，他這種沒有家庭背景、沒有高學歷的窮小子經常遭人白眼。他愈發心灰意冷，只信任他當時的女朋友。但後來他的女朋友背地裡有其他男人，還懷了那男人的孩子，他簡直覺得是世界末日，曾經認真想過不如死了算了。但之後他又想，死了也無濟於事，他這種無足輕重的人在這世上消失了也不會對這個世界有任何影響。最後他決定，這世界對他不仁，他便對它不義。他終日流連酒吧、夜總會等場所，女朋友換了一個又一個，如走馬燈地團團轉，但他對她們全都沒付出過真心。他的女朋友中有不少也不是正經女人，甚至和黑社會有關，於是他後來便索性混起黑道。那時期他黃賭毒都沾上了，尤其是毒品，他染上頗大的毒癮。其後他交了一位終於讓他想再次付出真心的女朋友，她還懷了他的孩子。他非常期待他的女兒出生，因為他的第一任女朋友最後竟懷了其他男人的孩子，他覺得這次終於可以做父親、擁有一個他從小到大都沒有的家庭，但最後他女朋友竟然因為吸毒的關係而誕下死胎。他整個人都崩潰了。自暴自棄一段日子後，他開始意識到這種生活不能繼續下去，於是他決定要脫離黑社會，並開始戒毒。」

希兒說著程學哲的故事時，她雙眼不時會泛出淚光。不過我很明白程學哲為何會覺得上天對他不公平，任何人從小到大都沒有父母，單是這一點已足夠讓人覺得上天對自己不公平。

希兒繼續說：「哲哥他到戒毒所努力戒毒，但他毒癮已深，在戒毒過程中遇到很大的困難。他雖然希望完全脫離黑社會，但那些人不肯這麼容易便讓他全身而退，總是時常去找他、引誘他重走舊路。他有無數次都想放棄戒毒，只是在苦苦掙扎堅持。有一次，我爸爸和媽媽以贊助人的身份到那戒毒所出席活動，機緣巧合下他們遇見哲哥，並從戒毒所的職員那裡聽到哲哥的身世。他們覺得哲哥很可憐，用了一些時間與他傾談，安慰鼓勵他好好戒毒、重新做人。哲哥說從來沒見過像我爸媽那麼好的富有人家，他工作中認識的富人或老闆都是虛偽自私的人，連從前念書時那些家裡富裕的同學們都氣焰囂張，所以他起初和我爸媽見面時對他們的態度也不友善，但他們並沒有放在心上，這讓他的印象非常深刻。哲哥後來繼續努力戒毒，雖然百般艱難，那些毒癮像與他的血液合二為一般永遠潛藏在他體內，但他最後歷經千辛萬苦，終於成功戒毒。後來他寫信去感謝我爸爸媽媽，之後輾轉更來到我家工作，人生終於重回正軌。哲哥他覺得我爸爸不僅鼓勵了他，還給了他一份很好的工作，甚至給了他一個家，因為他覺得在我們家裡就像是賀家的一分子一樣，所以他為我們家工作時總是盡心盡力。媽媽去世後那段時間，爸爸情緒很低落，經常夜不成眠，那時哲哥甚至每天陪伴爸爸至深夜。不過命運有時真的很捉弄人，當年鼓勵哲哥戒毒的媽媽最後竟然死於毒品……」

她暫停下來，沒精打采地喝了一口檸檬茶，彷彿那是奇苦無比的藥水。

我對她說：「這些都已經過去了，你這麼孝順，你媽媽一定會很高興。」

她淺淺一笑，深吸了一口氣然後呼出，替自己打起精神。

「哲哥接著說，其實那次他被車撞倒，並不是意外。他是被從前黑社會的損友纏上，要他幫忙做些見不得光的事，哲哥拒絕了他們，他們竟然推他出馬路，讓他被車撞倒。可幸的是，他後來熬過了這一關，身體慢慢康復。他復原以後，再也沒有向我提及當日他在病房內說過的這些內容，可能他當時說的時候剛剛從昏迷中甦醒，神智不太清晰，之後便忘記了跟我說過這些話也說不定。當時我雖然年紀小，但對世事已有一些概念，一個一直這麼疼愛自己的人在垂死情形下跟我說的話，我不可能會忘記。不過我見後來哲哥沒有再談及此事和再跟我談他這部分的過去，我也沒再跟他提起了，但我們的關係一直很好，他就像我的另一個父親。在那件事以後，我想起我從小到大他都這麼疼愛我，可能因為他當我是他逝去的女兒般照顧、愛惜。我之前一直沒有說出這些是因為我認為跟哲哥這次的失蹤沒有關係，而且這牽涉到他的隱私。但剛才哲哥故意避開我，我在想這會不會是他從前的損友又來威脅他逼他做一些犯法的事，所以他要避開所有人並且銷聲匿跡……」

我聽完程學哲的故事後，胃裡似乎多了一塊大石。雖然我剛才在孤兒院已聽到不少程學哲的往事，但他人生的一些重要轉捩點連姑娘並沒有希兒知道的那麼深入仔細。我想起昨天我知道卓姍姍被殺後，在電話中問希兒程學哲和毒品會不會有什麼關係時，她當時雖然說想不到有任何關係，但也回答得有些猶疑，原來原因就是這牽涉到程學哲這段沒有太多人知的過去。

「這方面我會好好調查，你不要那麼擔心。我相信程先生懂得去處理，而且他也不希望你這麼擔憂。」

「許先生，你覺得哲哥他人現在安全嗎？」

「剛才他能夠出現在自己的家附近，那麼我想他是安全的。」

希兒聽見後稍微放心，原本幾乎毫無血色的臉開始有一點紅潤。我看看手錶，時間已經不早。

「時候不早了，我們走吧，我送你去坐車。」

「嗯。」她的聲音若有若無。

我們走出茶餐廳時，黑夜已經降臨。我問希兒今天有沒有開車，她說沒有。我替她截停一輛計程車，送她上車。我目送紅色車尾燈在街角消失。

第二十四章

街上滿是下班回家的人。我餓極了，要找一間餐廳吃晚飯。但這幾天內我已經常待在這附近，我不想再留在這地區，於是決定走過去黃埔那邊。

走過數條街後，我發覺不對勁。似乎有人在跟蹤我。我不動聲色，但故意選擇多走些轉角處和馬路。讓我頗為意外的是，我走了幾段沒意思的路甚至明顯在繞圈後，很快便確定那人的確在跟蹤我，他的技術一點也不高明。我停在一間快餐店門前，透過門旁的金屬反光物料偷瞄他，發現他的身影很熟悉。

前面有一條橫巷，我突然加快腳步轉了進去。這條巷比較陰暗，左右方分別是一個小型露天停車場和數間店鋪，我閃身躲在停車場內一輛深色輕型貨車的後邊，觀察巷口的動靜。我聽見沉重急速的腳步聲逼近，聲音愈來愈響亮。

那人現身了，他一邊走一邊左顧右盼，嘗試尋索我的身影。

我從輕型貨車後方出來，悄悄走近他的背後，「出來取材？」

他吃了一驚，轉過頭來看著我。賀俊謙及肩的中分曲髮蓬鬆凌亂，他的表情狼狽，像偷東西的小孩被大人抓住。

他支吾以對，「是你……？這麼巧，我剛好過來這邊做事。」

「你要做的事就是跟蹤我吧，你已經跟了一段路程。別忘了我是靠做什麼吃飯的。」

他煩躁地搔著頭，似乎奇怪自己為什麼會有這麼多頭髮。

「為什麼要跟蹤我？」

他急了，有點激動地說：「我們給錢你做事，是你要向我們交代，我們沒必要向你交代。」

我看著他，他的眼神閃爍。

「我的委託人是希兒，不是你整個家裡的人，所以我不需要向你們全部人都彙報。」

他知道自己理虧，沒有作聲。

「你跟蹤我是和程學哲失蹤一事有關吧，我已經知道這事沒那麼簡單，而且牽連甚廣。如果你在當中也有份，我早晚會查出來，而如今我已經離真相不遠。你若向我坦白一切，我會盡力保護你，當然，不包括如果你曾經殺人放火。」

「媽的別亂說，我沒有殺人放火。」

我看著他扭曲在一起的五官，額頭汗珠閃閃發亮。有一男一女在我們身旁走過，我待他們遠去後才再開口。

「我相信，希兒也說你為人不錯。但我勸你不要對我有所隱瞞方為上策，因為如果我自己查出任何對你不利的事實，我不會替你做出善意的隱瞞，因為你在這件事上沒有幫過我。」

他默不作聲，只看著我身後的地面。我已經沒什麼耐性，決定以退為進。

「你自己想清楚。我很餓，現在要去吃黑椒蜜汁薯仔牛柳粒。」

我轉身離開，頭也不回地朝白色街燈照射著的巷口前進。

我走了三四步，背後就傳來微弱的聲音，「你真的會幫我？」

我慢慢轉身回去，「沒錯，我剛才說過了。但當然要視乎你幹了什麼，如果你幹的是殺人放火，或類似的重罪，我不會幫你。」

他的情緒從剛才對話開始便不太穩定，這時他難過地喃喃低語：「不是什麼重罪，很多人也會這樣……偏偏是我……其實我只想好好畫畫，不想捲進這些事情。」

他現在的狀態脆弱得像一撮棉絮，再受一點衝擊便會破碎。

「是毒品吧。」

他愕然地抬起頭看著我，從顫抖的雙唇中吐出說話：「你……你已經知道？」

「我說過我已經查到很多事。」但我沒有查關於他的事，這只是我的推論。搞藝術的吸毒完全不是新鮮事，而且賀家那麼富有，加上這案件跟毒品脫不了關係。

他臉如死灰，「我只是有時太累或沒有靈感時才偶爾用一些……我很多搞藝術的朋友都會這樣做。」

「多人去做不代表那件事就沒問題。」

他嘆了口氣，「就只有我這麼倒楣。」

「你被誰知道了？」

他氣若游絲地說：「我哥。」

「我也知道是他。所以他叫你來跟蹤我？」

「沒錯……他說要知道你的一舉一動。」

「今天開始？」

「對。」

「今天的什麼時候？」

「從你離開我們家的公司開始。」

我離開賀家的公司後，便坐計程車到紅磡找希兒。剛才是突發情況，而且我多數是在車上、大廈內和餐廳內，所以他跟蹤我便容易得多，只須隱藏好自己等待我出入便可以，而且我的注意力都在希兒和程學哲身上。但只要在路上多走動，他的跟蹤很快便會被我發現。

「今天之前你有沒有做過任何關於我或這案件的事？」

他搖搖頭說：「沒有，我哥今天中午才找我，我之前對你和你調查的事根本完全沒有興趣。」

「你是害怕你哥把你吸毒的事告訴你父親吧。」

他這一驚非同小可，連聲音也破了，「你……你連這個也知道？」

我望著他，沒有作聲。

他長吁一口氣，「如果被我爸知道，我死定了。」

「他不會殺了你。」

「但他會對我完全失望。因為我媽……我想你也已經知道，因為我媽的事他最痛恨人吸毒。我不喜歡做生意，只想畫畫，根本不想繼承他的衣缽。如果他知道我吸毒，很可能不會再理我，對我死心。」

「這應該也牽涉到當你爸百年歸壽之後的財產分配。」

「沒……沒錯。我們四兄弟姊妹之中，只有我哥最熟悉也最適合打理公司的生意，將來公司一定交給他管理。他、我姊和姊夫一直都對公司虎視眈眈，只是我姊和姊夫其實完全不懂做生意，我姊只想當個富貴少奶奶，姊夫只想有錢有地位，這些我爸都心知肚明。我沒什麼所謂，我只想做我喜歡的事，但當然我也想一直過著不愁衣食的舒適生活，這是人之常情。至於希兒似乎也對打理爸爸公司的生意沒什麼興趣，我知道興趣不能勉強，所以她最多也可能只是回去幫忙一下。因此我不能逆我哥的意思，如果他將我吸毒的事曝光我就完了。單是我爸知道我就已經完了，如果我哥有心告訴媒體，我更加萬劫不復，因為爸爸最重視家族的聲譽。而且難得他最近對我的畫作感興趣，我真的不想讓他失望。」

「賀老先生最近對你的畫很感興趣？」

「也不算很感興趣，但真的比較有興致去看我的畫。以前他都只是說些客套話，對任何形式的藝術也沒什麼興趣研究。但最近他的鑑賞力似乎高了，有一兩次甚至說得出我在畫哪一派的風格，雖然我再追問他時他便說不出更多，但對我而言這已經是非常明顯的進步。果然人年紀大了，便愈來愈懂得欣賞藝術。所以我不想讓他失望。」
他說到畫畫時，自信心終於回來。他說前面那堆話時簡直就像喪家犬。
「你哥曾說過他可能會告訴媒體關於你吸毒的事？」
「對，有次我頂撞他，他火大了，便那樣說來威嚇我。」
「你哥果然不是善男信女。」
他沒有作聲，面無表情。他不敢批評他哥。
「你的毒品從哪裡弄來？」
他猶疑著該不該說出來。
「你不說，我也會查出來。但正如我剛才所講，這對你沒有好處。」
他嘴唇緊抿，「但你一定要幫我。」
「我答應你會盡力。」
「是經朋友介紹在一間畫廊買的。」
「畫廊？」
「對，想不到吧。他們可不笨，人們怎會想到一間在中環的畫廊可以買到這些東西。」
「把名字和地址給我。」
「A1 Gallery，擺花街八十二號。」
「我明天會過去。我要怎樣說才能跟他們買到？你不會想我說是你介紹的吧。」

他想了一會兒，「就說……不，你說是鋒少介紹的，鋒利的鋒。你去到說要買書。」

「買書？」

「沒錯。他們都將那些東西放進有鎖鎖著、關於藝術的精裝書內。從外表完全看不出，因為他們是將書內厚厚的數百頁紙的中央挖空了一個長方形來放東西，所以書本闔上時，它就只是一本普通的厚書。」

「真有兩下子。他們只收現金？」

「沒錯。」

「你都會去買些什麼？」

「關於詩的書……那就是大麻。我還不敢碰其他太厲害的東西。」

「詩是大麻？」我想了一會，「詩即是英文的C，C代表Cannabis？」

「我不知道，我沒有考究過。」

「不對……Cocaine也是C字頭。不管它了。如果我買一本《唐詩三百首》要帶多少現金去？」

他沒理會我的嘲諷，「你第一次買，帶八千至一萬吧。」

「這價錢我可以買一百本真正的書了。」

「他們賣的是高質貨。」

「而且是賣給你們這些富家子弟。」

他沒有回應我。

「你別再碰任何毒品，否則誰也幫不了你。我要走了。你不用再跟蹤我，如果你哥問起，你可以找我，我說出我的行程幫你打發他。」

「萬一他知道我騙他怎麼辦？」

「不會的，這事快要結束了。」

我轉身離開。

他對著我的背影說：「你絕對不能將我剛才的話告訴我爸。」

我轉過頭來，「我不會。我答應你。」然後繼續向前行。

我後來一直信守承諾，沒有騙他。

第二十五章

我在回家途中打電話給阿樂。

「找我喝酒？」

「要遲一點，這幾天很忙。我又有事要麻煩你了。」

「你知道這才是我的正職。開酒吧只是副業。斜槓族。」

我笑了，「厲害。我想你幫我查一間畫廊的背景資料。A1 Gallery，中環擺花街八十二號。這畫廊應該不簡單，我想知道這是誰的店，還有背後有誰在撐腰——例如黑道和有錢人。這方面的人脈你比我強多了。」

「查一間在中環的畫廊？有意思。」

「如果沒錯的話，這絕對不是普通的畫廊。我明天會去查證一下。」

「好。什麼時候忙完可以聚一下？」

「快了，如果順利的話。你有任何消息可隨時打電話給我，凌晨也可以。謝謝你了。」

「可不可以凌晨打來唱歌？」

「求之不得啊。」

雨又開始下了。我在雨聲淅瀝之中回家——我的避難所。

第二天我故意晚一點起床，這幾天累積下來的疲累可不弱，我需要補眠一下。梳洗後，我心血來潮想自己做早餐。我悠閒地做了一份起司漢堡扒雞蛋三明治和自己煮咖啡喝。味道一點也不差。我在網上查看新聞，見到卓姍姍的案件有一些進展。警方說這案件跟毒品交易和黑社會有關，現在正深入調查，同時已經鎖定嫌犯。我再看了一些其他要聞，然後將杯碟洗乾淨，換衣服出門。

阿樂暫時還未找我，希望他今天內可以查到一些東西。我現在架著黑框眼鏡、頭戴報童帽，讓自己看上去「藝術」一些，不過沒有像那晚戴上假髮和黏上假鬍子。

我乘地鐵到中環站，再慢慢走去擺花街。我已有一段時間沒去過擺花街，但一直滿喜歡這條別具特色的街道，而且很喜歡這名字。它很久之前是西式高級妓院的集中地，而以前孫中山與愛國志士經常在二號的杏讌樓西菜館舉行會議。至於近十多年我認為最特別的事件是，當年瘋魔全球的《蝙蝠俠》電影曾到擺花街取景。

我在濛濛細雨中慢步至八十二號，看到A1 Gallery的招牌。招牌全黑，A1 Gallery幾個字則是白色的，字體端正優雅。店裡面是純白的天花板和牆身，配以淺木色地板，光線明亮，充滿空間感。理所當然地，牆上掛了不少色彩豐富的畫。角落的白色長方形桌上放滿書籍。表面看上去，這畫廊完全沒有問題，我肯定它對很多人來說頗具吸引力。

裡面除了坐著一位女職員外，暫時沒有任何人。我進去，走到女職員面前。她的皮膚非常白，留著銀金色的中分長直髮，架著大黑框眼鏡，身穿黑色上衣。如果她的目的是模仿北歐女人，那麼她成功了，因為她真的有給我這種感覺，雖然她的五官並不精緻立體，只是差強人意。

「嗨，我想買書。」

她看著我微笑。她像沒有氣力地將手上的原子筆慢慢指向角落那張桌說：「全都放在那邊了。」

我搖搖頭，堆起笑容。「我對那些書沒興趣，層次太低了。我最近在畫印象派風格的作品，但靈感枯竭，再這樣下去我就算勉強畫完，自己都會對這畫沒印象了。我想買更加有啟發性的書。」

她的微笑變淡了，淡到像白開水。她疑惑地盯著我。

我故意左看右看，裝出怕被人聽見的樣子說：「我要買關於詩的書。詩意能觸發靈感。」

她定睛看著我一會兒，然後徐徐地說：「我不太知道你想買什麼，不過我可以幫你問問我上司。」

她站起來，往她身後的一扇門走過去。我這時才看到她穿的是黑色連身裙。她敲門後進去，一會兒後，一名沒有頭髮的高個子男人跟她一起走出來。這男人目光銳利，體格魁梧，身穿黑色襯衫和黑色西褲。他人還未站定，已經不斷打量著我。

「先生請問怎樣稱呼？你想買什麼書？」

「我叫Oscar。我要一本關於詩的書，我需要詩意和靈感。繪畫不能沒有靈感。」

他將久經訓練的笑容掛在臉上說：「恐怕我們沒有這種書賣。」

我將上身仰前，壓低聲量，「鋒少介紹我來的。」

他沒有反應，臉上的笑容依舊，「我不知道他是誰。」

我聳聳肩，一臉無奈地說：「我現金都帶來了。他還說第一次買要多帶些現金。九千應該足夠？」

他沒有作聲，只是看著我。我迎上他的目光。

一會兒後，他揚起眉頭，「好吧，我可以幫你找找。一本關於詩的書？」

「沒錯。」

我給了他現金，他收錢後走回去那扇門後。那女職員依然坐在她原本坐的位置，看著她前面的電腦螢幕，我對她而言就像空氣一樣。

約五分鐘後，光頭男人拿著一個黑色紙袋出來。他將紙袋遞給我。

「先生，你的書。」

「多謝。」

「還有這個。」

他把一個迷你信封給我，我摸到裡面是一條鑰匙。

「我們還有很多不同種類的書，包括市面上很難找的。歡迎下次再來。」

「一定會。」

他笑容滿面地送我離開，但我知道他這笑容已經練習到能隨時收放自如。

步出畫廊後，我截下計程車。我不想拿著大麻在街上四處走動。

第二十六章

回家後還沒坐下，手機便響了。是阿樂。

「喂，阿樂。」

「遠，查到一些資料了，那間畫廊。不過並不是非常透徹，但你應該會想先知道我現在有的資料。」

「完全沒錯。」

「你的推斷正確，那畫廊的確有人撐腰。畫廊是一個叫文傑的黑道人物在背後管。文傑在幫會中是軍師型角色，負責動腦，為人機靈陰險。」

我聽見後有點失望，「我完全不認識他。」

「別心急，再聽下去你就會認識。文傑和馬尾一樣，也是岳少的手下。他和馬尾一文一武，是岳少的左右手。聽到這些有沒有精神一點？」

「精神到想飛天了。」

「嘿嘿，所以你查對地方了。都是那幫人。」

「妙極。那麼畫廊名義上是誰的店？」

「好問題，這個比較棘手。但我也查到一點。租下這畫廊的是一個年輕女子，應該不是黑社會的人，所以比較難找到她的資料。現在只知道她姓方，還有一張她的照片。我現在傳給你看。」

「好。」

我細想了一會兒，但暫時在這事上沒遇過姓方的年輕女子。不過這也有可能是假姓氏。

「傳了，你看看。」

我將手機從耳邊拿到面前，打開照片看。我知道這漂亮女子是誰。

「認不認識她？」

「我知道她是誰。我下次一定要請你吃飯。」

「無任歡迎。那我不用再查她的底細？」

「不用了，已經非常足夠。非常。」

掛線後，我從黑色紙袋中將書拿出來。書本的尺寸是A4，外觀非常精美，黑色硬皮封面用燙銀的字印著書名「Art of Poem」，沒有中文。我用信封內的鑰匙打開鎖，將書揭開。

一如賀俊謙所說，厚厚的書頁中央挖空了一個長方形，內裡放著一個黑色真空袋。我打開真空袋，將裡面的東西全都倒在一隻碟上，裡面除了大麻外沒有其他。我將大麻倒回袋內，將它放回書本中那個長方形空間裡，把鎖鎖上。

我摘下眼鏡、脫下帽子，洗一把臉，然後打電話給賀俊謙。他很驚訝我會打給他。我和他談了一會，不出所料地從他口中得到我想要的資訊。接著我打電話給希兒，她很快便接聽。

「許先生？」

「賀小姐，今天下午可以去你的家一趟嗎？」

「啊，今天下午我要上學，晚上也有約……不過如果你真的想去，我不在也沒問題，我通知芳姐就可以。」

「你爸爸今天在家嗎？如果在的話我也想順道問他一些事。」

「這個我幫你問一下，是因為調查有進展嗎？」

「可以這樣說，但我想整理一下後才再跟你談，因為還有些地方需要弄清楚。」

「好的，那我幫你問問我爸爸後再儘快覆你。」

「謝謝。」

我躺在沙發上，看著窗外遠方翠綠與墨綠融和在一起的山巒。我一看就看了半小時，直至希兒回覆我說可以在下午三點過去她家，順道見她爸爸。我出門去，在家附近慢悠悠地吃了午餐。

第二十七章

賀宅在我眼中依然氣勢逼人。我按下門鈴，不久後芳姐便開門。

「許先生，進來吧。」

她帶我進去，一邊走一邊說：「你先坐一會，我看看老爺現在是否可以見你。」

「謝謝。」

走到客廳時，我看見賀俊謙正坐在沙發上看雜誌。他一看見我，吃了一驚。待芳姐走開後，他立即開口。

「你來做什麼？」

「放心，不是來找你。」

「希兒不在家，現在只有我和……你來找我爸？」他的雙眼混雜著驚恐與憤怒。

「別誤會，我來這裡和你無關，我只想跟你爸談談。我答應過會幫你。」

他稍為冷靜一點，「你別騙我。」

「我不會。」

「你剛才電話中問我哥的事到底是為了什麼？」

「我遲些再看看如何跟你說。」我欣賞了一會那像火焰的藝術品，「我去過畫廊。」

他聽見後環顧四周，彷彿這裡有數十人在看著他。他緊張地輕聲問：「怎麼了？」

「跟你說的一模一樣。」

他焦躁地吸一口氣，「那你打算怎樣做？」

「我還沒決定。不過我給你的強烈建議是，別再碰那些東西。」

他低下頭，沒有答我。

「否則真的沒人可幫你。除非你想被你哥控制一輩子。」

他嘆了口氣，然後咬住下唇。

「許先生，你可以上書房去見老爺了。」芳姐走回來說，「我帶你上去吧。」

「勞煩了。」

我站起來，跟著芳姐走上樓梯。賀俊謙依然像石像一樣坐在那裡。

我們走到三樓的書房門前。芳姐敲門後，賀老先生很快便說了句「請進」。我們走進去，賀老先生穿著白色襯衫和黑色西褲站在窗邊，看著微雨中的陽台和小庭園。他轉過來對我微微一笑，「許先生，請坐。」

他慢慢地走去他的座位，我站在我坐的那椅子後方，等他先坐下。

「不用等我，年輕人。你年紀大了就會明白，你不會想被人當成老人看待。」

我微笑，一時之間想不出怎樣回答。

我們坐下後，芳姐問我：「許先生，要不要喝點什麼？」

「不用了，謝謝。」

芳姐笑著點頭後離開書房。

「許先生，希兒說你想找我談談。」

「沒錯，打擾你了。」

「不要緊，」他緩緩地揮動右手，「我今天也有空。你應該是想談關於阿哲的事？」

「沒錯。」

「嗯。」他拿起他面前的茶杯，呷了一口，「你今次想知道什麼呢？」

「你認識一個叫卓姍姍的女人嗎？」

「卓姍姍？」他皺眉想了一會，「不認識。她是什麼人？」

「她是程先生很久以前的女朋友，大前晚被人殺害了。」

他茫然地看著我，雙眼中充滿疑惑。「她為什麼會被殺？」

我說：「她跟黑社會有關係，她替他們做毒品買賣。她在荃灣有一間貿易公司，做買賣消毒用品的，表面上。實際上她跟黑社會牽扯得很深，替他們存放和運送交收毒品。她被殺後，她公司樓上用來存放毒品的貨倉被搜刮得一片狼藉。」

「所以她是和黑社會的人有生意合作上的摩擦而被殺？」

「沒錯，但那是表面上。實際上，是因為她被殺的那天中午我去找過她。」

他疑惑地看著我，等我說下去。

「那天中午，我到她的辦公室問她關於程先生的事。她說數個月前才見過程先生，這些年來他們兩人一直有聯絡，雖然不是經常見面。她的頭腦不太清醒，說起話來有時像自言自語，讓人難以捉摸。我跟她談完後的那天晚上，我到程先生在紅磡的住宅一趟，但我在他家樓下被三個黑社會的人逼進後巷並打了一頓，恐嚇我不要再查程先生的事，那三人中的頭目叫馬尾。同時那一夜卓姍姍被殺。這讓我明白了一件事──馬尾他們知道卓姍姍在辦公室裡的一舉一動。他們應該在她的辦公室裡放置了隱蔽式攝錄機，所以他們知道我曾去過找她談關於程先生的事、知道我們談了什麼，也知道我的樣貌。所以那天數小時後，他們便立刻在程先生家樓下逮住我，知道我正在查這件事，並且叫我不要再玩『偵探遊戲』──這是那天中午卓姍姍揶揄我、對我說過的話。卓姍姍神智不清是因為吸食毒品所致，而她這個狀態已維持了很多年。但她既然向來都是瘋瘋癲癲，為什麼這次突然被殺？因為她當天跟我談了不少程先生的事。馬尾他們發現，她所知道關於程先生的事可能比他們以為她知道的更多，而她這樣神智不清口沒遮攔，不知道她將來又會對其他人再說些什麼關於程先生的事，所以要滅她口。而且我相信她替他們做關於毒品的事也不會做得好，因為那天下午我跟蹤她運送大麻，她的警戒心一點也不高，雖然她走的路比較迂迴。所以馬尾他們這次索性滅口，一了百了。」

賀老先生皺著眉，發出嘶啞的聲音，「這聽起來很複雜……所以阿哲的失蹤和黑社會有關？」

「或者說，黑社會和這整件事有很大的關係。」

他從抽屜裡拿出一塊黑色布，仔細擦拭他斜前方的座檯式相架。他一邊擦一邊慢慢地說：「許先生，請告訴我這當中到底發生了什麼事。」

「黑社會為了程先生而大費周章襲擊和恐嚇我、殺了替他們辦事的卓姗姗，背後自然大有文章。他們利字當頭，會做這些事，自然因為這牽涉到他們的利益。他們不能讓人知道程先生的下落，也就是說程先生的下落和他們的利益扯上關係，而扯上關係的原因就是勒索。」

賀老先生睜大雙眼看著我說：「勒索？勒索誰？」

「這要先談另一件事。剛才提到的那幫人——馬尾他們，我有一晚到了他們管的酒吧並發現一件事，就是他們和賀家兩位少爺之一有關係。我調查下去，知道了二少原來有吸食大麻的習慣，他的大麻是在中環一間畫廊買的。那畫廊非常體面，任何人也不會想到在它裡面買到毒品。這樣的店鋪開在人來人往的街道上，背後一定有人撐腰。果然，撐腰的是黑社會的人，而他與馬尾他們是同一幫人，都跟著一個叫岳少的老大。」

賀老先生的眼神熾熱、臉色鐵青，「你說俊謙他在吸毒？也就是說這一切都是他在幕後策劃？」

「不是，先別動怒，因為最錯的不是二少，他有如一隻糊塗的綿羊。那間畫廊雖是黑社會在撐腰，但名義上那不是他們的店，這樣有事的時候也未必可以追究到他們身上。那畫廊是由一名年輕女子租下的，她姓方，不是黑社會的人，是普通的上班族，最適合用來做他們的擋箭牌。她在你們家的公司上班。」

他看著我默然不語。

「一個二十多歲、在公司做接待員的漂亮年輕女子，怎麼可能有能力租到中環車水馬龍的街道上的一間畫廊？除非她有金主或老闆照顧。大少身邊美女團團轉，方小姐便是其中一位，這方面二少也能作證，因為他以前在你公司工作的時候也知道不少大少的風流事。所以那畫廊背後真正的主人是大少與黑社會，他們一起合作做買賣毒品。這樣看來二少會吸毒和到畫廊去買毒品，背後操縱的人是大少。他透過二少的朋友慫恿二少吸毒，因為他知道你因為賀老太的事最痛恨人吸毒，這樣他就可以控制你很疼愛的二少，鞏固自己在賀家的權力和地位，尤其是當你百年歸壽時，他要確保自己能掌管你的公司和令他滿意的財產分配，而二少只能受他擺布去幫助他，否則如果你知道他吸毒，他可能什麼也沒有了。至於大小姐和希兒，前者只想過少奶奶的生活，而且也不懂得處理公司的業務；後者則對接手公司一事沒多大興趣。因此大少暫時也沒特別對她們下手，但這不代表他未來有需要時不會對她們出手，他幹起來可以非常心狠手辣。就像他對程先生那樣。」

賀老先生臉如死灰，一動也不動。過了好一會兒，他才慢慢開口，「他怎樣對阿哲？」

「卓姍姍在數個月前曾見過程先生——在程先生辭職失蹤之前。那時候，黑社會那邊應該比較鬆懈，不像近來因為程先生失蹤一事而對卓姍姍的一舉一動盯得那麼緊，但她始終為人比較瘋瘋癲癲，很正常地，他們會留意著她。黑社會那邊知道他們二人曾見面，也有談關於毒品的事。

我想程先生當時是想勸她不要再吸毒和做跟毒品有關的工作，畢竟他們以前是情侶，而且希兒曾跟我說程先生以前有一位他很愛的女朋友懷了他的孩子，但最後卻因為她吸毒而誕下死胎，我懷疑她就是卓姍姍。黑社會的人得知二人有接觸，自然會調查程先生是什麼人，一查之下赫然發現竟是你們家的管家。於是他們懷疑程先生是否知道了一些關於他們販毒的事，而且覺得他是從和他們合作的大少那裡得知，他們想大少是不是在耍什麼花樣，於是質問他。但大少的擔憂只會比他們更厲害，因為他不知道程先生和卓姍姍是舊相識，而程先生可能已發現他跟黑社會、毒品有關，才會懂得到卓姍姍那裡打聽。大少心想，如果他這些事被你知道，他便萬劫不復了，掌管賀氏企業、分得可觀的財產等希望統統頓成泡影。於是他決定殺了程先生，以除後患。做大事的人一定要心狠手辣，這是他的作風。我相信他在管理你的公司上也是這樣。」

他沒有回應我，只是垂下眼簾沉思。這算是默認了。

我繼續說：「他叫馬尾他們殺掉程先生，馬尾他們偽造了程先生立即辭職並失蹤的假象，辭職信自然也是馬尾他們找人做的。他們的人可不少，而且這是一筆大生意，所以他們想盡辦法也會做得妥妥當當。而他們也確實做得好，程先生就這樣在世上消失。但馬尾那幫人不笨，其實說是老謀深算會更適合，他們決定木棍打蛇，蛇隨棍上。他們以此事勒索大少，這樣大少便要受他們控制，而大少現在有的錢雖多，但相比將來你百年歸壽後他可以分到的財產，他現在的錢根本算不上什麼。所以他們是覬覦他將來擁有的巨大財富，這才是他們會在處理程先生一事上這麼費盡心力的原因。以此看來，那幫人有可能早已知道程先生去找卓姍姍只是碰巧是舊相識，根本與大少無關。但他們想到用這計劃將來可以在大少身上撈到大量油水，不如順水推舟，恐嚇大少一定要處理掉程先生。」

他用衰老的雙眼看著我說：「所以……阿哲已經死了？」

「沒錯。」

他沉吟一會兒，「但我聽希兒說，她昨天才在阿哲的家附近看到他，這又是怎麼一回事？」

「那人是假冒的。希兒說她當時也看不清那人的樣貌，但從身形、衣著和在遠處看到的輪廓等推斷他就是程先生。但這當中有個矛盾，程先生平時幾乎都不戴帽，而那人當時是戴著鴨舌帽的。戴帽自然是因為想遮掩一部分的臉龐，不想熟悉的人認出他是誰。但既然這樣，又怎麼會穿平時經常穿的衣服讓熟悉的人一眼便看出那是程先生的衣著？所以那人是長得有點像程先生的人在假冒他，目的是讓人以為他還在生。馬尾他們這樣做，是不想讓人懷疑程先生已死去。」

他聽完後，將頭轉過去落地玻璃窗那邊，眼神看著遙遠的天空，半晌說不出話來。下著微雨的天空在淺藍色中滲透著淺紫色，薄雲在緩慢流動。這數分鐘很漫長，時空彷彿凝結。隨後他終於開口：「那麼阿哲真的已經離開人世了。」

我嘆了口氣，「對，很遺憾。」

「那麼造成這一切的，便是阿帆和那幫黑社會的人。」

「沒錯。」我看著他桌上的相架，我的位置能看到相架被擦拭得光可鑑人的大部分側面和背面，壯年時的賀老先生當真英姿煥發。「但還有一個人在這事上舉足輕重。」

他好奇地望著我，「是誰？」

「那就是你，賀先生。不，是程先生才對。程學哲先生。」

第二十八章

「你說什麼？」

「程先生他已不在世上，這句話是對的，因為他已經用了另一個身份活下去——用了賀真的身份。程先生，你的演技的確厲害，這完全是藝術。你沒有浪費你的才華。」

「我聽不懂你在說什麼。」

「昨天那個被希兒看見，假冒的程先生——是你安排的。昨天之前，我不止一次到程先生的家，但都沒遇到那個假冒的程先生，那是因為你怕我會追上他，發現他是假冒的。昨天早上，希兒跟你說她下午會過去程先生的家附近看看，你覺得早已找好的演員終於派上用場。你叫那人待在程先生的家附近，待希兒來到時被她看見再逃跑。當然你不肯定希兒一定會自己一個人去那裡，所以你叫那演員確定只有希兒自己一人，又或是她只是和她的女性朋友一起等條件才露面讓她看到，總之確保他不會被人追到。你應該是在兩三天前就找好那演員了，我認為最遲也不會遲過前天的星期天，因為你已從新聞上得知卓姍姍的死訊，知道這事當中有蹺蹊，不想我們再繼續查下去而找來了那名演員。你年輕時曾待在劇團，自然懂得怎樣找這些演員，而且你能夠出重金去找合適的人，所以這事對你來說並非難事。那演員能演得這麼像程先生，因為你完全知道怎樣指導他讓他演得好，可以讓希兒看一眼便覺得那人是程先生，而且又有誰比自己更熟悉自己？但真正的賀老先生對這些根本一竅不通，而他也沒動機要這樣做。馬尾他們也不會這樣做，因為他們根本不熟悉程學哲這個人，不會出這一招去騙他們同樣不熟悉的希兒，這樣做被看穿的風險太高。而且如果他們有心這樣做來騙我們，當初就不會揍我了。但你會這樣做的動機非常充足——你不想希兒再查這事，而且你要讓她相信程學哲這個人仍在世上，只是他已不想再見她，所以便走了這一著。」

他靜靜地看著我。

「還有，第一天我來這裡跟你談程學哲的事時，你基本上完全沒有提供有用的資料給我，你只是在東拉西扯。那時我已感到有點奇怪，因為理論上你是這裡最熟悉他的人，但你這樣做好像對找到程學哲的下落一事沒多大興趣。而在第三天——即是星期天，也是卓姍姍被殺的第二天，發生了一件當時讓我感到很奇妙的事情。那天下午我回到偵探社時，我收到一封恐嚇信叫我不要再查下去。那封信是用較高級講究、散發著香味的白紙。那不會是黑社會做的。他們會打我——事實上他們在我收到恐嚇信的前一晚就打了，對我說些恐嚇的說話，甚至向我潑油漆，但不會用高級紙做恐嚇信。而且沒有人會在出手打完人恐嚇他後才給他恐嚇信，這樣不合理，如果次序相反反而合理。所以自那時起，我便認為一共有兩邊不同的人不想我繼續查程學哲的事，一邊是黑社會，另一邊我當時在想可能是賀家的人。直至出現假的程學哲，我知道另一邊便是賀家的人，而且賀宅裡用的是高級紙也合情合理。在我的調查過程中，大小姐一直沒牽涉在內；大少深陷其中，但他和馬尾他們一夥，如我所說馬尾他們已經出手教訓我叫我不要再查下去，所以恐嚇信不是他們做的；二少在昨晚之前一直都沒干涉過這事；希兒是委託人而且一直盡心盡力想查出真相，不斷向我提供有用的線索，所以不會是她。至於芳姐、司機齊哥和阿菁，他們都只來了賀家工作不久。所以配合其他因素，最後『賀老先生』你是最有嫌疑找人送來恐嚇信的人。我也想起第一次見你時你的不自然舉動。除了沒怎麼提供真正有用的線索外，那次你也有仔細認真地抹你面前的座檯式相架，剛才你也有這樣做。但照片中是較年輕的賀老先生，沒有人會常常這麼仔細用心擦拭自己的照片，況且你有芳姐和阿菁替你做這些工作。你這動作已成為你潛意識的習慣，連只短暫見過你兩次的我也兩次看見你仔細做這動作，證明你平時經常認真地擦拭那照片。如果那照片是自己的亡妻或兒女，這反而有可能，但那是自己年輕的照片就太奇怪了。不過若果那是自己人生的大恩人，這就完全合理。照片中的賀老先生約四十多歲，那正是你當年第一次見他時他的年紀。還有，二少昨晚跟我說他爸爸最近對觀賞畫方面的知識增加了不少，讓他覺得受重視而感到高興。這是因為程先生你一直都對藝術有興趣，看了不少這方面的書籍和有不少相關知識，所以有時你興之所至時不經意間對二少透露了出來，並不是賀老先生突然喜歡上藝術和開了竅。鑑賞藝術的能力不是一朝一夕可得，這需要長時間的知識累積。」

他長長地嘆了口氣，然後拿起那相框端詳。如果我沒記錯，我們的沉默維持了不過三分鐘，但當時我的感覺是世界靜默了半小時。終於他緩緩開口道：「但你不會覺得這太令人難以置信？一個人完全改變他的外貌，變成一位老人家的身份活下去。」

我說：「的確。但如果知道了你的過去，一切就會能夠理解，因為賀老先生絕對是你能重新做人和人生的大恩人。雖然令人難以置信，但如果有充分的理由要你以後都扮演賀老先生，我覺得你會去成全此事絕不是天方夜譚。士為知己者死。最困難的精神層面方面，你早已完全克服了。至於技術層面方面，賀老先生絕對有充足的資金讓你動手術變成他的外貌，而你們兩人身形都高高瘦瘦，本來就相似。我也曾到過你從前待的孤兒院，當時我看了不少你的舊照片，那些照片中有數張是你在做話劇，讓我印象非常深刻。深刻的原因是因為照片中的你演得非常投入，而你從前劇團的人也說過其實你演戲演得很不錯。你的演技配合你熟悉賀老先生的程度，你絕對能做到。而且辭職失蹤事件發生後，最少有一個半月的時間是二少和希兒都不在香港——二少去了美國看畫展，希兒去了英國交流和旅遊。大少白天要工作，而且平時也不常在家過夜。女傭和司機等人你們可輕易便叫他們外出工作或休假，因此這段時間你們有足夠機會實行這項替身計劃。」

他再次看著天空那看不見的盡頭，「士為知己者死……說得真好。」我順著他的目光看去，一隻飛鳥在遠空中翱翔。「許先生，你知不知道老爺他怎麼了？」

「不知道。但既然你以他的身份過活，我想他應該過世了。」

「沒錯。約五個月前，他突然知悉自己患了末期癌症。胰臟癌。只有不到半年的壽命。那時他還沒跟任何人說過，但我偶然得知此事，非常擔心他。不過他反而不擔心自己，他覺得人終須一死，只是擔心他逝世後四個子女的將來。如你所說，大少他雖然能幹，能夠繼承公司，但為人野心太大、心狠手辣，老爺怕他不在後，沒人能管得住他。到時恐怕他會為了錢、為了在賀家和公司獨攬大權而對付為人單純的二少和希兒，不過想不到原來他已連同黑社會做了那麼多壞事……大小姐她雖然只想做少奶奶，但她和她的先生也不簡單，經常渴望有權有勢，他們已覬覦賀氏企業很久。老爺他不想自己突然離世後，賀家便支離破碎，他會對不起老太太。如果不是他患重病，他還有時間去想辦法處理，但突然只剩下數個月壽命，他想不到該怎麼辦。因為即使分配好遺產，也保證不了賀家不會因鬥爭而破碎，這樣令老爺難過不已。於是我決定向他提出這個方法：我去動手術變成他的模樣，以他的身份活下去。這樣大小姐和大少始終不會亂來，賀家也不會因老爺突然逝世而家不成家。」

「但這也不是長久之法。」

「沒錯，所以老爺起初也不答應，他覺得我在胡說八道。但我一直苦苦勸喻，而且這些年來，我早已對他了解得非常深入，絕對有信心可以扮演他，也早已對公司的運作知道不少，因為他已視我為助手很多年，教了我很多關於公司的事。最後他終於也認真考慮了，但他仍覺得對我太不公平，因為這樣程學哲便不再存在於世上。我說其實沒有他，我很可能早已因吸毒或黑幫的打打殺殺生活中死了。最後他終於答應。他運用金錢和關係，讓我到韓國整形，變成他的模樣。不過我自己提早實行這計劃，因為我怕他再思前想後會變卦。但我做對了，我回來後過兩星期左右，老爺便去世。如果我再遲一些才付諸實行，很可能趕不上了。至於遺產分配，他早已立好遺囑。不過當中有些條款是如果子女牽涉吸毒、犯法或嚴重危害公司或家族聲譽和利益的行為，那麼遺產的分配便會做出很大的調整。所以大少和二少一定會受影響，但相比二少，大少的行為嚴重多了，他一定會自食惡果。」

「那麼賀老先生的遺體現在在哪裡？」

「在一個隱密安全的地方，他的遺體保存得很好。這是他生前同意的，自從老太太死後，他對自己的死亡已愈來愈看得雲淡風輕。他只要求我有朝一日可行的時候，將他的遺體與老太太的同葬一處，我一定會替他完成這遺願。」

我良久沒有作聲。賀真為了賀家、為了他的兒女能夠做到這地步，這需要放下自己與對程學哲有莫大的信任，這精神讓人吃驚。而程學哲為了報答賀真的恩惠這樣犧牲自己，以一位老人的身份活下去，這也是不可思議。縱然萬貫家財，但以一位老人的身份，能享受到的物質實在有限。而更重要的是，這從某層面上來說是完全失去了做自己的自由。

我打破沉默，開口說：「不過世事實在玄妙。如果你不是因為要變成賀老先生而讓程學哲在這世上消失，你已經被馬尾他們殺掉了。你消失去整形的時候，就是大少要馬尾他們幹掉你的時候，但你的程學哲身份自此一去不返，世上再沒有這個人。大少自然以為你突然辭職並消失是馬尾他們所為，而馬尾他們也真的再也找不到你，於是他們索性來個順水推舟，將『已經令程學哲消失』這功勞攬上身。我想大少仍然以為你那封親手寫的辭職信是馬尾他們弄出來的。不過馬尾他們也毫不大意，不斷嘗試找出程學哲的下落——緊密監視和他交情匪淺的卓姍姍、查問程學哲家的鄰居和襲擊我警告我不能再查程學哲的事等，他們也是用盡心力去抓住這個大少的把柄、這張長期豪華飯票。所以你雖然不能再以程學哲的身份活下去，但卻因此撿回一命。」

他淡淡一笑，「沒錯，剛才你解釋大少和馬尾他們的事情時我也想到這一點。可能一切都是命運。命運有時讓你繁花似錦，有時卻讓你寸步難行。有時當你以為完結時，它又會以完全意想不到的方式讓你繼續走下去。」

他口中的「完全意想不到的方式讓你繼續走下去」，應該至少包含兩次吧。一次是年輕時自暴自棄的時候，另一次就是現在這次。至於是否還有其他含義，我沒有追問。

「你有沒有想過以這身份活多久？」

「我跟老爺說不會超過五年。到時賀家和公司的一切都穩定了，我便功成身退。其實我現在每多活一天都已經是賺了。」

「醫生也知道此事吧——診斷出賀老先生有末期胰臟癌的那醫生。」

「沒錯，但沒問題，他會配合我們。老爺也是他的大恩人，當年曾救過他一命。到我功成身退時，他的幫忙非常重要——因為到時我會以患末期胰臟癌的原因離世。」他呷了一口茶，「你也會配合我們嗎？如果你需要錢，這絕對不是問題。」

他說到自己在五年內就會死時，講得輕描淡寫，彷彿他在談賀宅旁山坡上的一根草的生命。我看著他微微一笑，說：「我是需要錢，但我只需要收到自己這次的調查費用就可以，這方面希兒會付給我。程先生，你在卓姍姍出事後雖然不想我再查這案件，但你從來沒有對我做出任何過火的行為，你那些行為甚至可以說是斯文得緊，而且你這樣犧牲自己來幫助賀老先生，我敬重你為人。我也知道大少如果認為有必要的話，他絕對會傷害希兒，所以我才會直接找你說這些話。我不希望希兒受到任何傷害，她是一個善良的人。這案件已經結束，但我不能將真相告訴希兒，這需要你的配合。我會告訴她黑社會殺掉了程學哲這個說法，至於大少與他們合作的事，我應不應該跟她說？」

「這個……讓我想一下後我會處理，我想想該跟希兒說出多少實情。謝謝你的配合，許先生。我記得我第一次見你時，就說你是聰明人。我果然沒看錯。不過你比我想像中還要聰明得多。你將來如遇到任何困難，隨時找我。只要我能力所及，我一定會幫忙。」

「多謝。其實剛才你大可以對我說的話矢口否認。」

「我可不想你拿著我的ＤＮＡ報告時我才被迫承認。」

「我沒有這樣做。」

他微笑著說：「我知道。」

我們站起來握手。「再見，程先生。這應該是我最後一次這樣稱呼你。程學哲已不在人世。以後若有機會再見，我只會叫你賀先生。」

他原本就已經淺淡的笑容變得更淡，淡得幾乎消失，彷彿這笑容代表他真正的身份。

我轉身離開他的書房。這是我第二次見他，同時也是最後一次。我下樓到客廳，那裡空無一人，賀俊謙已不在那裡。我徑直走出賀宅。

天色清朗，涼風習習，細雨順著風勢迎面飄來，我沿著山路慢慢往下走。我眺望遠處，墨綠色的高山上，一抹淡淡的白雲在眇遠無盡的天空緩緩流動。那裡遠離紅塵，人世間的一切只是過去無數個夜晚裡的一場夢——那是程學哲所去的地方。

（全書完）

要推理86　PG2562

要有光 FIAT LUX

追跡

作　　者　許信城
責任編輯　石書豪
圖文排版　黃莉珊
封面設計　劉肇昇

出版策劃　要有光
發 行 人　宋政坤
法律顧問　毛國樑　律師
印製發行　秀威資訊科技股份有限公司
114台北市內湖區瑞光路76巷65號1樓
電話：+886-2-2796-3638　傳真：+886-2-2796-1377
http://www.showwe.com.tw
劃撥帳號　19563868　戶名：秀威資訊科技股份有限公司
讀者服務信箱：service@showwe.com.tw
展售門市　國家書店（松江門市）
104台北市中山區松江路209號1樓
電話：+886-2-2518-0207　傳真：+886-2-2518-0778
網路訂購　秀威網路書店：https://store.showwe.tw
國家網路書店：https://www.govbooks.com.tw
總 經 銷　聯合發行股份有限公司
231新北市新店區寶橋路235巷6弄6號4F
電話：+886-2-2917-8022　傳真：+886-2-2915-6275

出版日期　2021年7月　BOD一版
定　　價　260元

讀者回函卡

Printed in Taiwan

國家圖書館出版品預行編目

追跡 / 許信城作. -- 一版. -- 臺北市 : 要有光,
2021.07
面 ;　公分. -- (要推理 ; 86)
BOD
ISBN 978-986-6992-71-1(平裝)

857.7　　　　　　　　110007674